TODO MUNDO MERECE MORRER

TODO MUNDO MERECE MORRER

CLARISSA WOLFF

1ª edição

Rio de Janeiro-RJ / Campinas-SP, 2018

VERUS
EDITORA

Editora
Raïssa Castro

Coordenadora editorial
Ana Paula Gomes

Copidesque
Lígia Alves

Revisão
Raquel de Sena Rodrigues Tersi

Capa
Leonardo Iaccarino

Projeto gráfico e diagramação
André S. Tavares da Silva

ISBN: 978-85-7686-718-0

Verus Editora Ltda.
Rua Benedicto Aristides Ribeiro, 41, Jd. Santa Genebra II, Campinas/SP, 13084-753
Fone/Fax: (19) 3249-0001 | www.veruseditora.com.br

CIP-BRASIL. CATALOGAÇÃO NA FONTE
SINDICATO NACIONAL DOS EDITORES DE LIVROS, RJ

W838t

Wolff, Clarissa
Todo mundo merece morrer / Clarissa Wolff. - 1. ed. - Campinas, SP : Verus, 2018.
23 cm.

ISBN 978-85-7686-718-0

1. Romance brasileiro. I. Título.

18-50021 CDD: 869.3
CDU: 82-31(81)

Revisado conforme o novo acordo ortográfico.

Impresso no Brasil pelo Sistema Cameron da Divisão Gráfica da
DISTRIBUIDORA RECORD DE SERVIÇOS DE IMPRENSA S.A.

Nenhuma boa ação passa impune.

— DITO POPULAR

DISCOS QUE OUVI ENQUANTO ESCREVIA ESTE LIVRO

- Grouper, *Ruins*
- Johann Sebastian Bach, *101 Bach*
- Kanye West, *My Beautiful Dark Twisted Fantasy*
- Kanye West, *Yeezus*
- Lana Del Rey, *Ultraviolence*
- Leonard Cohen, *Songs of Love and Hate*
- Lou Reed, *Berlin*
- Miles Davis, *Kind of Blue*
- Nico, *The Marble Index*
- Nirvana, *In Utero*
- Sharon Van Etten, *Are We There*
- Sonic Youth, *Goo*
- The National, *Trouble Will Find Me*
- The Velvet Underground & Nico, *The Velvet Underground & Nico*

PRÓLOGO

ATENTADO NO METRÔ DE SÃO PAULO REVELA HERÓI

Há uma hora, um assassinato em massa foi evitado pela atitude heroica de Lucas Machado (28). Aproximadamente às nove e meia da noite, Lucas e sua namorada voltavam para casa na linha verde do metrô quando o primeiro tiro foi disparado. A vítima, um médico de 46 anos, pai de uma criança, morreu algumas horas depois a caminho do hospital.

Ao perceber a movimentação, Lucas se atirou contra o agressor e impediu que mais pessoas fossem feridas. Entre os presentes no vagão estavam, além do médico, um padre e a professora de uma escola em uma das áreas mais carentes de São Paulo.

PARTE UM
O HERÓI

1

ACHO QUE ELA VAI FICAR PUTA.

Quando a gente se conheceu, há tipo uns dois anos, ela tomava uma bebida que eu ainda não conhecia e eu tava com uma Heineken na mão. A gente foi se esbarrando pela vida por causa de alguns amigos em comum — São Paulo nem é uma cidade tão grande assim — e ela sempre fazia questão de se apresentar novamente.

— Oi, eu sou a Helena — oferecendo a mão, o perfume e a memória.

— Como você lembra disso tudo? — foi a reação dela, na cama, nua, meses depois, quando eu revelei esses pequenos momentos que tínhamos compartilhado.

Como eu lembro disso tudo? Talvez seja porque sempre gostei de ruivas, e, para me apropriar dos clichês, os cabelos dela pareciam chamas. Pode também ter sido o líquido âmbar me despertando a curiosidade, o gosto adocicado que eu não soube decifrar, o jeito que ela me olhou meio desinteressada quando pedi um gole. Eu sou moreno e bebia Heineken, então não perguntei por que ela não lembrava de mim.

Eram umas três ou quatro daquela primeira madrugada na cama quando ela falou que nunca tinha jogado boliche. Eu tinha ido pra festa de um ex-colega da faculdade tipo no fim da tarde, depois do trabalho, com meu jeans surrado, e ela tava lá, sozinha na sacada, tipo cena de filme. A garota sozinha e meio perdida esperando que eu fosse até ela.

Claro que não foi nada assim. Ela tava sozinha na sacada porque tava no telefone discutindo com alguém. Desligou em seguida, virou pra mim e disse:

— Ei, você fuma?

Peguei o maço de cigarros do bolso e entreguei pra ela.

— Acende pra mim?

Meu olhar inquisidor foi o suficiente para ela completar:

— É que eu não fumo. Não tô acostumada.

Tirei o cigarro da caixa, ainda em silêncio, acendi e entreguei pra ela. Ela botou na boca, tragou, tossiu um pouco e soltou a fumaça.

— O que foi? Decidiu que era um bom dia pra cultivar um câncer? — perguntei.

— Todo mundo tá fumando e eu tô tentando uma coisa nova. Se chama "não ter personalidade própria".

Eu ri, ela virou a cara e voltou a tragar. Ofereci um gole de cerveja.

— Não bebo — ela negou, sorrindo. Depois indicou o cigarro na mão. — Estou trocando de vício.

Conversamos por algumas horas enquanto a festa seguia nas outras peças daquele apartamento imenso que meu colega bem-nascido tinha ganhado dos pais e saímos de lá para o meu, minúsculo. Fizemos sexo duas vezes antes de ela falar que nunca tinha jogado boliche.

— Eu te levo lá. Prometo. — Era a primeira manifestação de juras de garoto apaixonado.

— Agora você vai ter que me levar — ela resmungou, se erguendo na cama e olhando séria pra mim. — Fico muito puta quando quebram promessas.

Por isso eu sabia que ela ia ficar puta. Aqui estava eu, dois anos depois daquela primeira noite, quebrando novas promessas, porque não, claro que não tinha levado ela na porra do boliche. Hoje, tinha prometido buscar ela no metrô depois da aula de francês pra gente ir jantar num restaurante legal, porque tenho trabalhado até tarde por dias demais pra pagar meu duas-peças e hoje não ia levar trabalho pra casa. Bom, pelo menos eu tava indo buscar ela no metrô e tava na hora certa, mas tinha ainda uns quarenta minutos de entrevista pra transcrever antes de dormir, que facilmente se tornariam três horas de trabalho.

A banda que eu tava entrevistando dessa vez era inglesa, tinha mais de duas décadas de carreira e um som barulhento e cheio de guitarras, perfeito para agradar garotos púberes. O vocalista passava dos quarenta e agia como se tivesse vinte, e Helena ficava irritada quando eu colocava o disco deles para tocar. Revirava os olhos com aquela arrogância adequada só para quem realmente não trabalha com música e desatava a falar como tudo aquilo era bobo.

A gente tava se encontrando e fazendo sexo fazia um ou dois meses e eu comprei ingressos para irmos juntos no show do Noel Gallagher, certeza que ela iria se abrir em sorrisos e emoção, porque todas as minhas ex-namoradas ouviam "Wonderwall" em repetição eterna. Ela sorriu, agradeceu, disse que pelo menos a gente ia ver o Gallagher menos pior e mudou de assunto. No dia do show, nos encontramos na Paulista. Ela vestia um jeans curto, camiseta do Blur, jaqueta de couro e um sorriso irresistível. Me contou que tinha ouvido Oasis na adolescência pseudorrebelde de menina riquinha da capital e que hoje tinha um pouco de preguiça de acompanhar a ideia de que tudo que tornava Liam Gallagher insuportável era na verdade legal. Fomos embora enquanto o Noel cantava "Don't Look Back in Anger" e no táxi de volta pra casa ela largou a bolsa no meu colo e disfarçadamente, por baixo do couro do acessório, enfiou a mão na minha calça enquanto Rihanna tocava no rádio.

Demorou três meses para eu dizer que a amava e implorar que ela ficasse comigo para sempre.

A verdade é que eu vivia pra música, e a música vivia pra ela. Enquanto meu aparelho de som tocava em volume alto os discos que ouvíamos juntos, meus dedos corriam pelo teclado do computador e eu me dedicava a reportagens e entrevistas, e ela tinha um caderno aberto no colo e desenhava ou escrevia poemas curtos que ninguém jamais iria ler.

"Qual é o seu livro preferido de música?" era uma pergunta frequente entre meus amigos, todos jornalistas de cultura, e os debates incluíam biografias bem escritas de ídolos da música e épicos jornalísticos como *Mate-me por favor* ou *O resto é ruído*. O dela era um dos livros de poesia do Leonard Cohen.

Acho que ela vai ficar puta, chegar em casa, ligar o som e botar Leonard Cohen pra tocar. Queria eu ser o homem capaz de acalmar minha namorada, mas era ele.

"Não acredito que você não ama Cohen" era provavelmente a repreensão mais frequente que eu tinha ouvido naqueles dois anos. Ela me deu de presente o primeiro disco dele e sentou na ponta do sofá enquanto os primeiros acordes enchiam com facilidade o espaço pequeno do meu apartamento.

— Vocês não escutam música, não de verdade — ela tinha murmurado, a cabeça encostada na parede, os olhos fechados e a respiração ficando pesada. Olhando pra ela daquele jeito, pensei que ela ouvia música com o corpo todo, absorvendo pelos poros cada nota e se arrepiando a cada movimento.

Talvez ela tivesse razão.

Na primeira vez que esteve na minha casa, ela só foi embora na segunda-feira, vestindo uma camiseta minha e o mesmo jeans que tinha usado na festinha do meu ex-colega. No sábado, ela levantou da cama no meio da tarde, nua e preguiçosa, e arrastou o olhar pelas minhas estantes de livros e discos, fazendo comentários aleatórios.

— Você tem algumas coisas boas aqui — comentou, as costas inclinadas para mexer na prateleira.

— Tipo o quê?

— *Anna Karenina.*

Se é pra ser sincero, confesso que fiquei surpreso. Não imaginava que aquela menina toda linda, que eu trouxe pra casa vestindo jeans justinho, blusa curta que deixava as costelas ao ar livre e batom vermelho, tivesse lido Tolstói. Não combinava com os olhos inocentes cobertos de camadas de rímel e o corpo miúdo. Eram coisas que não podiam ser misturadas. Uma mulher linda demais e Tolstói.

— É mesmo? Você já leu?

— Quatro vezes — ela respondeu, sem se virar.

— Prefiro Dostoiévski.

— Ah, é ok. Não curto muito algumas personagens femininas.

— Você tá falando isso do cara que inventou o romance psicológico.

Ela nem se dignou a me olhar.

— É um homem tentando criar uma personagem de mulher. Fica tipo uma pilha de estereótipos.

Devagar, ela continuou observando minhas estantes até pegar um disco da prateleira — *In Utero*, do Nirvana — e colocar no som, enquanto voltava pra cama.

Meu celular vibrou e me trouxe pro presente. "Tô na linha amarela" era a mensagem, o que significava que ela chegaria na Consolação em coisa de cinco minutos. Eu já tava na Paulista e chegaria antes dela na plataforma do metrô, seguiríamos juntos pela linha verde por cinco estações, até minha casa. Mais uma mensagem: "O horóscopo do metrô tá dizendo que eu vou encontrar um novo amor". Ler o horóscopo do metrô era uma das nossas piadas internas desde que nos conhecíamos, e a tradição tinha o potencial de ainda durar muito.

(Mesmo assim, a ideia de ela encontrar um novo amor, ainda que por causa do absurdo de conjunções estelares, era capaz de me deixar ligeiramente desconfortável. Dois anos e o pensamento de viver sem ela induzia uma pequena crise de pânico.)

— Qual é o seu signo? — foi uma das primeiras coisas que ela perguntou no nosso primeiro encontro, um pouco retardatário por causa do fim de semana inteiro juntos que inaugurou o começo do nosso relacionamento.

— Você não acredita nessas besteiras, né?

— Vai, fala — insistiu, sobre a taça de vinho tinto que ela tinha escolhido no restaurante francês que eu tinha escolhido por saber quanto ela gostava do país.

— Áries.

— Independente, individualista. Impulsivo. Não tanto quanto sagitário, mas ainda assim.

— Só vale usar adjetivos que comecem com "i"? — perguntei, meio babaca, eu sei, mas ela riu. — Você tá ligada no efeito Forer?

— Hmmm, não.

— Então, é a falácia da validação subjetiva. Tipo, mapas astrais e signos e outras coisas são meio vagos, e daí qualquer pessoa pode se identificar com qualquer coisa. Se eu falar que você é organizada, por exemplo, você pode pensar na hora que não porque, sei lá, seu guarda-roupa é uma bagunça, mas daí cê vai pensar na sua estante de livros, toda arrumada, e vai pensar que é. No fundo essas coisas todas servem pra todo mundo.

— Pode ser — ela respondeu, ainda sorrindo, como se soubesse algo que eu não sabia. — Você sabe que eu não dou a mínima pra isso, né?

— Cara, como não? Você tá se respaldando numa informação completamente falsa. Essa ideia de signos é apoiada numa necessidade de desejabilidade social e autocentrismo.

— Só que quase todo mundo acredita em signos.

— E daí? É mentira!

— E daí que... — ela deu uma garfada e começou a mastigar, como se organizasse a ideia — se você sabe mais ou menos como os signos se identificam e sabe que a maior parte das pessoas acredita nisso, com uma informação você consegue delinear com facilidade a forma como a pessoa se vê no mundo. — Tomou mais um gole de vinho. — Não interessa se celestialmente é verdade ou não. Quase todo mundo acredita. Um dado e você tem grandes chances de sacar a autoimagem da pessoa na sua frente.

— Que... manipuladora.

— Eu prefiro "curiosa".

E naquele primeiro encontro eu sabia que não tinha mais volta: estava com vinte e oito anos e tinha encontrado a mulher da minha vida.

Mais tarde, com alguns meses, talvez um ano de relacionamento, ela viria a revelar mais coisas sobre sua visão da metafísica do universo.

— Acho que deixei de acreditar em Deus antes de deixar de acreditar no Papai Noel — ela confessou, numa madrugada chuvosa no inverno suave de São Paulo. — Mas é que eu acreditei no Papai Noel por muito tempo.

— Cê tá falando sério? — Ergui levemente o corpo para me virar pra ela, deitada de barriga pra cima encarando o teto, e passei a observar seus traços delicados, os olhos esverdeados e os cabelos vermelhos estirados de forma bagunçada pelo travesseiro branco. Ela tinha sardas espalhadas pelas maçãs do rosto, onde os cílios longos faziam sombra. *Meu Deus, como ela é linda.*

— Talvez... Não sei. — Ela respirou fundo e o silêncio foi se formando aos poucos, como se feito de fumaça. — É que, quando eu perguntava coisas do Papai Noel, todo mundo tentava inventar explicações e se perdia, e eu pensava que eles não tinham como saber tudo do Papai Noel, e a gente nunca sabe tudo de alguém. Mas todo mundo sempre sabia tudo de Deus. Sei lá.

Ela descreveu em detalhes o altar de Natal que a mãe montava na sala imensa com lareira de sua casa em Moema, e que tinha estudado em escola católica até o ensino médio, e falou do choque que foi a mudança. Catequizada contra a vontade, a freira costumava mandar bilhetes sobre sua teimosia exagerada, que influenciava negativamente os colegas. Ela tinha beijado na boca pela primeira vez aos treze anos, escondida, no recreio da escola. Tinha sido com seu melhor amigo, Fábio, um ato mais de curiosidade e rebeldia iniciante do que verdadeiramente de algum sentimento infantil de paixão. Perdera a virgindade com quinze, na casa do primeiro namorado (os pais achavam que estava na melhor amiga).

— E depois, sei lá, o Papai Noel vivia pra dar presentes, era um propósito simples e plausível. Deus vivia pra que, controlar o mundo?

Eu ri. Gostava de como ela exagerava algumas histórias pelo teor dramático ou humorístico, como se realmente tivesse sido verdade que ela tinha feito todas essas reflexões ainda na infância.

— Mas, sei lá, não lembro direito a idade em que deixei de acreditar em Deus. Ou em qualquer outra coisa. Só aconteceu.

Ela ainda encarava o teto.

O metrô chegou e uma multidão desceu para fazer a baldeação entre as linhas. Estava esperando na plataforma que ia em direção à Vila Prudente e vi quando as esteiras rolantes de repente ficaram lotadas. Helena estava lá, um moletom (meu) maior que ela cobrindo seu corpo pequeno até quase os joelhos, os cabelos ruivos bagunçados e um livro — *A história secreta*, de Donna Tartt — nas mãos. Caminhava com os olhos pregados nas páginas e eu não entendia como ela conseguir manter a leitura com o movimento dos passos. No fim da esteira, ela fechou o livro e ergueu a cabeça.

Quando ela chegou perto, senti o perfume de patchuli e percebi os brincos de pérola e ouro que ela usava desde criança, que deixavam claro pra todo mundo que ela vinha de uma família com dinheiro.

Ela jogou os braços em volta do meu pescoço com tanto entusiasmo que a bolsa de couro vermelho, pesada, bateu nas minhas costelas. O sorriso dela encontrou meus lábios.

— Você tá feliz — constatei.

Ela não respondeu de cara, só pegou a minha mão. Demorou alguns instantes para começar a falar:

— Você não sabe a história que eu ouvi hoje no trem!

Acho que a gente tava junto fazia uns seis meses quando ela disse que adorava minhas manias.

— Eu não tenho manias.

Ela riu e começou a descrever meia dúzia de trejeitos que eu costumava fazer quando ia vestir a calça jeans ou ligar o carro, uma coleção de pequenas coisas de que eu não fazia ideia sobre mim mesmo.

— Gosto de observar as pessoas — foi a justificativa sincera que ela me deu.

E era verdade, conforme fui percebendo ao longo do tempo em que convivíamos. Das expressões faciais das pessoas à nossa volta a trechos de conversa, Helena parecia ter um radar e pescava pequenas histórias por onde passava. O transporte público funcionava como uma sequência de contos diários, na maior parte das vezes inéditos.

— Então — ela começou a contar a sequência do dia —, eles me chamaram a atenção porque tinha um clima muito pesado e eu notei na hora, e eles pararam de pé, mesmo com alguns bancos vazios. Eu precisava de uma desculpa pra ficar perto, então afundei a cara no livro e fingi que tava lendo pra tentar descobrir o que tava acontecendo.

Outra das justificativas dela para essa invasão na privacidade alheia: "Quando era pequena, queria ser detetive".

— Daí, do nada, ele gritou que era culpa dela que ele tinha se queimado. Tentei virar pra ver, mas ela tava com o rosto levantado e eu não queria ser muito indiscreta, então não consegui ver se tinha alguma queimadura ou não. Enfim, ele tava usando boné e tinha uma mochila grande e ela se justificava o tempo todo, falando que não tinha intenção de machucar ele, que ela não sabia que isso iria acontecer e tal. Daí ele disse "Mas o que você achou que ia acontecer? Você fica andando com gente desse tipo e acha que não vai acontecer nada", aí ela respondeu "Ah, mas eu tava só ajudando uma amiga, eu tava oferecendo minha casa pra uma amiga, eu não sabia...", e ele interrompeu falando "Uma amiga traficante! Que queria guardar os bagulhos na tua casa!".

— Cê tá falando sério?

Às vezes me passava pela cabeça que ela inventava esses diálogos, só por diversão.

— Sim, sério, levei um susto! Daí ela começou a pedir desculpas de novo e daí o trem chegou em Pinheiros e eu vi ele falando "Você anda com gente armada e acha que acontece o quê? Claro que você vai levar um tiro né, e foi isso que aconteceu", e eu tentei perseguir eles pela estação mas eles tavam indo muito rápido e são, sei lá, dezoito andares. Não tenho fôlego pra acompanhar.

— Acabou por aí?

— Ela não tinha nenhuma ferida ou curativo aparente... Talvez o tiro tenha sido metafórico, mas também não sei.

— Nunca vou entender como você consegue ser tão bisbilhoteira.

— Bisbilhoteira? Quantos anos você tem?

Revirei os olhos.

— Eu amo você, demais, sabia?

Ela sorriu em resposta enquanto a gente entrava no metrô recém-chegado. Era tarde e a linha verde não estava cheia, mas eu sabia que Helena gostava de ficar de pé. Ela se encostou em um dos mastros de ferro e eu parei na frente dela, enquanto ela observava o vagão. Logo percebi seus olhos fixos em uma pessoa encostada na porta do lado contrário. Era um garoto de vinte e poucos anos, jeans largo, cabelo longo, escuro e oleoso e casacão grande de inverno rigoroso, o que não era o caso. Tava frio a essa hora, culpa do vento gelado, mas tinha sido um dia quente com sol forte. Eu tava de jaqueta de couro, Helena de moletom, mas aquele casaco era realmente um exagero. Talvez por isso ele estivesse suando.

— Ele tá ansioso — ela falou, como se fosse mestra em telepatia, e eu voltei a olhar pra ela.

— Você acha?

Ela me encarou.

— Você não sente?

A verdade é que não, mas isso não era novidade. Ela sempre me provocava falando que toda a minha capacidade de leitura de pessoas recorria a um processo completamente racional, enquanto ela era guiada pela intuição mágica.

— Você tá sendo injusto — ela reclamou quando, um dia, apontei o erro na sua preciosa lógica de quem se dizia ateia, no caminho de volta pra casa depois de jantarmos com meus pais.

Eu ri.

— Não é pra você rir. Você tá sendo injusto e babaca.

Puxei ela pra perto num abraço forte. Era uma noite quente de verão e ela logo se desvencilhou, reclamando do calor, mas eu sabia que ela tava na verdade reclamando de mim.

— Não tem mais táxi nesta cidade? — ela perguntou pro nada.

— Calma. Daqui a pouco chega um. Esta cidade é cheia de táxis.

Ela começou a cantarolar uma música em voz baixa enquanto caminhávamos devagar pela rua.

— Sua voz é bonita, moça — um mendigo sentado na calçada comentou. Helena era impossível, nunca passava despercebida.

— Obrigada! — ela respondeu, sorrindo, e parou na frente dele pra conversar. — Você acha que fica melhor como? — perguntou e emendou duas versões do refrão.

— Hmmm... Gosto da primeira, acho.

Helena sorriu, mas, antes que eu pudesse voltar a caminhar, o mendigo interrompeu:

— Moça, você conhece "Detalhes", do Roberto Carlos? Pode cantar um pedacinho?

— Eu não... não sei se eu sei direito — falou, baixinho, como se pedindo desculpas. Depois, fechou os olhos e começou a resmungar trechos da música como lembrava. — "Detalhes tão pequenos de nós dois são coisas muito grandes pra esquecer..."

— "A toda hora vão estar presentes, você vai ver" — ele completou e soltou uma risada rouca em seguida. — Você tem alguma coisa pra comer aí, moça?

Helena abriu a bolsa na hora e tirou um pacote de bolachas e duas barras de cereal.

— É tudo que eu tenho, não tem nada muito legal comigo.

— Obrigado, moça — ele respondeu, erguendo o corpo para pegar o que ela ofertava. — Que Deus lhe abençoe — acrescentou, quando começamos a nos afastar.

— Passaram dois táxis enquanto você conversava com aquele mendigo — eu alfinetei, e ela deu de ombros.

— Esta cidade é cheia de táxis, lembra?

Caminhamos menos de uma quadra até passar o próximo, vazio. Embarcamos e seguimos para o apartamento dela.

— Você tem que ter mais cuidado.

— Por quê? — ela perguntou, meio curiosa, apoiando o rosto no meu ombro e fechando os olhos, já esquecida da briga.

— Você abriu sua bolsa no meio da rua, na frente de um mendigo. Você tava facilitando um roubo que provavelmente aconteceria se eu não estivesse lá.

— Essa sou eu revirando os olhos — ela resmungou, sem se mexer.

— Você devia me levar a sério. Você não pode simplesmente parar e conversar com as pessoas na rua. Você não sabe se o cara tava bêbado ou drogado — ela levantou o rosto do meu ombro —, ou se ele ia te machucar ou...

— Ele não ia me machucar — ela me interrompeu, séria. Cravou os olhos em mim daquele jeito que me fazia sentir levemente desconfortável pela intensidade e continuou a falar: — Eu sei, eu sei disso, antes que você reclame. Prefiro confiar nas pessoas na rua, prefiro confiar que elas tenham algo bom, a simplesmente julgar que elas vão me fazer mal só por não estarem na mesma posição que eu.

— Isso é de uma utopia infantil — repliquei. — Numa dessas, você vai se machucar de verdade.

— E vou saber que tratei todas essas pessoas com dignidade, em vez ter sido hostil pelo medo de que uma me traísse.

— Você é muito velha pra ter esse tipo de inconsequência adolescente.

— Eu sei quais são as consequências, Lucas. Eu escolho correr o risco. — Fiz menção de interromper, mas ela não deixou. — E, depois, eu sabia que ele não ia me machucar. Dava pra sentir.

O metrô parou na estação seguinte e, quando partiu novamente, eu vi um movimento do cara misterioso. As mãos estavam dentro do casaco e pela primeira vez eu acho que entendi o que Helena falava quando se referia a "sentir" alguma coisa. Ele parou entre as duas portas, descruzou os braços e atirou no cara que tava sentado mais perto dele. E, de repente, sem explicação ou intenção consciente, eu me joguei sobre ele.

O corpo que estava debaixo do meu era fraco e eu percebi que ele era ainda mais novo do que eu imaginava, e se remexia de forma desconfortável enquanto eu fazia força para que ele não saísse do lugar.

— Me deixa ir — resmungou abaixo de mim com voz aguda. Segurei ainda mais forte.

Dizem que a adrenalina aumenta bastante nossa força, e isso explicaria por que um sedentário magricela como eu conseguiria manter uma pessoa imobilizada. A arma jazia a alguma distância do braço estendido dele, mas ele não tentava alcançá-la. De repente, percebi que os movimentos que eu sentia não eram de resistência. Ele estava soluçando e chorava compulsivamente.

Quando a porta abriu, seguranças do metrô invadiram o vagão. Eu fui retirado com cuidado de cima do garoto, que foi levado para fora. Um corpo sangrando também foi retirado e aos poucos as pessoas começaram a sair. Muita gente gritava. Muita gente falava comigo, mas eu não ouvia nada. Aos poucos, percebi alguma coisa perto de mim. Era Helena. Ela chorava.

Abracei o corpo dela e disse que tava tudo bem. Não tava?

— Você é um herói! — uma mulher loira veio me falar, os olhos cheios de lágrimas. Como que num passe de mágica, os outros barulhos voltaram a ter volume. E vinham de todos os lados.

A polícia entrava na estação, o garoto estava detido pelos seguranças e uma ambulância foi chamada para o cara que tinha levado o tiro, mas, ao que tudo indicava, ele já tava morto. Acho que era burocracia, tem que chamar ambulância mesmo assim. O cara tava estendido no chão, o sangue pincelando a camisa e o piso de vermelho, numa arte de Deus. Ele tinha a boca e os olhos azuis abertos, as bochechas encovadas, tornando a expressão assustada ainda mais aterrorizante. Lembrei na hora de um quadro colorido que vi na escola. *O grito* marca a memória de qualquer um.

— Ele hesitou — ouvi um padre explicar a um segurança. — Depois do primeiro tiro, ele hesitou, e isso deu tempo a esse corajoso homem. Deus abençoe essa alma altruísta. Depois disso, eu apertei o botão de emergência.

Era de mim que falavam, eu percebi com atraso. Helena ergueu os braços e puxou meu rosto para ela e me beijou com força enquanto a polícia tentava conversar comigo. Fomos para a delegacia, onde prestei depoimento. Havia jornalistas na saída, parece que vídeos e fotos minhas tinham corrido pelas redes sociais e alguns veículos mandaram plantonistas para conseguir uma citação. Eu não fazia ideia do que falar quando essas pessoas educadas me abordaram, me chamando de novo de herói. Não consegui falar nada, e Helena implorava que nos dessem sossego.

Quando chegamos em casa, eu tinha esquecido completamente da entrevista que precisava transcrever. Tomei um banho gelado, inadequado para a temperatura, e tentei pensar no que havia acontecido.

Tinha acontecido um atentado, alguém tinha morrido. E eu tinha salvado todo o resto.

Meu celular tocava sem parar, e, quando atendi, ouvi a voz desesperada da minha mãe. Tá tudo bem, repeti mais uma dúzia de vezes. Ela tinha visto meu rosto no plantão do jornal televisivo e me dizia quão preocupada e orgulhosa tava se sentindo. Quando desliguei, vi um milhão de notificações. Era madrugada e nessas poucas horas uma legião inteira de pessoas tinha ficado sabendo do que havia acontecido. Meu Facebook tinha sido infestado de mensagens. Amigos, parentes, desconhecidos. Diziam que eu era um herói. Que tinha salvado a vida de várias pessoas. Tinha arriscado a minha vida pela delas. Pessoas inocentes, pessoas de bem voltando da sua rotina diária que quase viram o céu ou o inferno por causa de um louco desgraçado. Todas essas pessoas vivas. Eu estava vivo. Helena estava viva. Tudo por minha causa.

Eu era um herói.

PARTE DOIS

AS VIDAS DA LINHA VERDE

2

O DESPERTADOR TOCA A SEQUÊNCIA DE NOTAS AGUDAS CAPAZ DE GERAR ódio automático em qualquer ouvinte. Ele aperta os olhos com os punhos fechados, se forçando a levantar naquela hora do diabo, e se espreguiça antes de sentar na cama. As cortinas longas de um tom verde-escuro começam a deixar transparecer a luz incipiente da manhã. Só de cueca, ele empurra o acolchoado para o lado e se dirige ao banheiro para a repetição diária de mijar/escovar os dentes/tomar um banho rápido e só então reconhecer que o dia está começando, hoje muito mais cedo que normalmente.

O trânsito de São Paulo já está caótico às oito, quando ele finalmente termina o café da manhã, se veste e pega o carro. Motoristas de táxi apressados cortam a frente dos colegas e xingam pelos vidros abertos qualquer um que leve mais de dez segundos para arrancar quando a luz verde do semáforo acende. As ruas da cidade em que nasceu se revelam caminhos árduos, lotados de desafios de tolerância, desaguando veículos como cardumes em um rio de asfalto.

O destino é um estacionamento superfaturado em Pinheiros, para que ele então siga a pé para o horário marcado com a infectologista. O consultório também está cheio de gente, como quase todo lugar desta cidade, que carrega doze milhões de habitantes, e ele avança pelo ambiente desapercebido dos rostos alheios que criam aquela massa multiforme que ele reconhece apenas como uma multidão.

Os médicos estão um pouco atrasados, como de costume, e ele senta na sala de espera que se assemelha a todas as outras em que precisou sentar ao longo dos anos, porque, quadro aqui, quadro ali, todas as salas de médicos são iguais. A seleção de leitura em cima da mesa, com as clássicas aulas de sexo das chamadas revistas femininas e a manipulação das revistas de direita, faz com que ele passe os minutos de espera lendo os avisos e panfletos colados nas paredes. Quando finalmente adentra o consultório, as mãos ficam geladas pelo ar-condicionado em contato com as palmas molhadas de suor.

— Bom dia, André. — A médica dá um sorriso curto e o encara por baixo dos óculos de aros grossos. Os cabelos crespos e escuros estão revoltos, espalhando-se pelas laterais da cabeça.

— Bom dia — ele responde automaticamente, sentando na cadeira indicada pela médica. Do outro lado da mesa, mais de perto, ele consegue perceber com maior clareza o olhar apreensivo que ela traz. Ele esfrega a palma das mãos nos braços da cadeira.

— Como está se sentindo hoje?

— Tudo bem. Muito bem.

— Você tem dormido bem? Como anda sua alimentação? Alguma dor? Algum problema para urinar ou evacuar? — O interrogatório continua sob a luz fria e ele responde de forma sucinta que não, nada na sua vida está anormal, enquanto ela faz pequenas anotações no prontuário disposto sobre a mesa entre eles.

Ela pega o envelope com os últimos exames que ele lhe estende, abre e começa a passar as páginas com o olhar atento. Depois, coloca os papéis sobre a mesa, tira os óculos e o encara. Sem os aros grossos, os olhos dela parecem afastados demais, e seu rosto fica ainda mais estranho com a marca deixada pela armação.

— André, precisamos conversar sobre o que fazer daqui pra frente. A expectativa neste primeiro mês de tratamento era diminuir o máximo possível a sua carga viral, para aos poucos atingirmos a margem indetectável.

— Vocês me falaram que isso acontece em quatro semanas em alguns pacientes — ele interrompe antes que possa se conter.

— É verdade, alguns pacientes demonstram uma resposta extremamente positiva ao tratamento, mas o normal é que essa marca seja atingida depois de pelo menos três meses — ela continua, as mãos de dedos longos gesticulando de forma discreta à sua frente.

— Então tudo bem se eu não alcancei, né? — ele fala, tentando inutilmente antecipar os resultados dos exames.

— O problema, André, é que a sua carga viral aumentou desde a última vez, e nós precisamos fazer alguma coisa. Você precisa levar o que estou falando bastante a sério. Oitenta mil é grave, mas nós vamos descobrir a melhor forma de reverter esse resultado para chegarmos aonde queremos.

— Tá bom. — A voz que sai da sua boca parece vir de outro lugar, enquanto as perspectivas do que acabou de ouvir parecem paralisar seu corpo inteiro. Enquanto a médica continua falando sobre os exames, explicando as taxas de CD4 e o prognóstico levando em conta as novas doses de antirretrovirais, ele sente a respiração acelerar aos poucos.

Tá tudo bem. Vai ficar tudo bem, repete como um mantra, ignorando pequenas dúvidas como: Será que ele estará vivo para a viagem à Califórnia, marcada para daqui a seis meses? Será que vai ver a irmã mais nova casar?

Fica no piloto automático durante o resto da consulta e o caminho até o carro, e é só com o barulho do motor sendo ligado que parece acordar do transe depressivo. A essa hora da manhã, com o sol a pino castigando, ele consegue andar com certa tranquilidade pelas ruas da cidade, não mais tão lotadas.

Chega ao escritório quase na hora do almoço. Fecha parcialmente as cortinas da janela, transformando a luz antes abundante em suave, e senta na sua cadeira de espaldar alto. Respira fundo. O nó da gravata parece uma forca em torno do pescoço, e fechando os olhos ele quase pode sentir a aspereza da corda. O telefone toca.

— André, querido, você precisa comer, vou chamar seu almoço, tá? — É a secretária, Elisa, uma senhora de cinquenta anos um pouco acima do peso que trata todo mundo como filho e é tão competente que beira a telepatia.

Ele agradece, abre o laptop e encara a agenda, que indica uma reunião durante a tarde e depois uma visita a uma obra na região metropolitana da cidade. Pede para Elisa cancelar a visita, alegando que terá que fazer mais exames, e observa o evento desaparecer. Afrouxa o nó da gravata, encarando o espaço do dia na agenda do computador, as horas todas brancas e vazias.

Digita www.facebook.com no navegador e espera o site carregar as notícias dos seus amigos, colegas e anunciantes. Assim que fica online, uma janela do chat apita. Ele vê que é Danielle, uma moça assanhada na casa dos vinte anos com peitos imensos que gosta de exibir em decotes generosos, que ele conheceu há uma semana no vernissage de uma exposição colaborativa com a filha de Elisa.

— É difícil caras tão bonitos gostarem de arte — foi o que Danielle disse, aproximando-se dele com um sorriso aberto. — Danielle, prazer.

— Gosto de contrariar as expectativas — respondeu, com um sorriso sacana, e se apresentou.

Ela fez comentários perspicazes, ou pelo menos ele acreditava, a respeito das obras em torno deles e explicou que estava começando a carreira de crítica de arte. Ele olhou para ela, estarrecido, porque mulheres gostosas não são inteligentes, e tirou o smartphone do bolso para pegar seu contato. Chamou-a para um vinho depois dali, mas ela recusou e explicou que ia para a festa dos artistas que aconteceria em um prédio abandonado no centro da cidade, sem estender o convite a ele. Meio ofendido e bastante frustrado, se resignou a voltar para o apartamento e ver filmes da Segunda Guerra Mundial.

"ei"

Depois de uma semana de silêncio, ela aparece com um vocativo simples no seu Facebook.

"e aí", responde.

E aí que ela o está convidando para sair.

"por que demorou tanto?", pergunta.

"ah, sei lá
achei que você podia me chamar
e não queria ser inconveniente", ela responde.

"nunca... eu não mordo
a não ser que você peça, claro", digita e aperta enter.

Nesse momento, até ele sabe que está sendo meio babaca.

Quando Elisa bate na porta da sala, pedindo licença e trazendo seu almoço, uma combinação de salada, bife de contrafilé e arroz, ele já está de encontro marcado com Danielle para dali a três horas. Marcaram em um café perto da Catedral da Sé, e, quando ela se despede dizendo que vai trabalhar, ele abre a página inicial de um site de notícias e come encarando a tela. As últimas informações sobre a queda ou o aumento do dólar, as críticas ao governo e o resultado do último jogo de futebol pulam em diferentes tamanhos e tipografias, e a primeira sensação que efetivamente percebe é o arranhar na garganta causado pelo gás do refrigerante recém-aberto.

Ele sabe qual é a única coisa que seria capaz de trazer um pouco de ilusão de controle nesse momento, a mesma coisa que diminuiu as batidas do seu coração quando descobriu o diagnóstico de HIV positivo. Era uma quinta-feira nublada e ele foi direto para um bar perto do trabalho, pedindo doses de vodca pura. As luzes fracas e amareladas refletiam na madeira polida e escura do balcão e das mesas, criando um jogo de sombras que deixava o ambiente na penumbra. No fim do bar, um pequeno espaço vazio recebia as luzes de um globo no teto, imitando de forma vagabunda uma pista de dança de boate. Era a ideia do dono de criar um espaço propício para que os clientes pudessem se conhecer à vontade, e nos fins de semana ele até contratava um DJ depois das dez da noite. Naquela quinta-feira, o bar inteiro era tomado por músicas de um CD de "best of" dos anos 80.

"Total Eclipse of the Heart" foi a trilha sonora para a mulher sentar no banco ao seu lado e pedir uma taça de champanhe. Era dia de semana, o balcão estava quase vazio, e, se restava alguma dúvida de que ela escolhera aquele lugar para ficar perto dele, desapareceu quando ela o encarou com os olhos exageradamente contornados de preto e piscou duas vezes.

— André — ele se apresentou, oferecendo-se em seguida para pagar a bebida dela. Ela gostou. Tocou no joelho dele na primeira oportunidade e falou que tinha trinta e quatro anos e uma filha adolescente, fruto de gravidez indesejada quando ainda era nova demais.

Quando ela falou que podiam ir para o apartamento dela, que a filha estava na casa do pai — um bosta, ela fez questão de frisar —, ele aceitou acompanhá-la sem ainda ter ideia do que acabaria fazendo. Foi só quando tirou a calcinha de oncinha dela e se preparou para penetrá-la que percebeu que ela não pediu para usarem camisinha.

Como era possível? A puta tinha uma filha adolescente, se oferecia para um estranho e não pedia ao menos para usar proteção? Teve vontade de rir. Ele ia gozar dentro dela todo o vírus que carregava no sangue e ela finalmente aprenderia uma lição. Ela merecia, afinal. Quem sabe até secretamente desejasse contrair o vírus, porque só isso explicava arreganhar as pernas para um estranho daquele jeito. Quando ele gozou, gritando de prazer, sentiu que tinha o controle da própria vida de novo. Era ele quem mandava. Até mesmo no destino de outras pessoas.

Depois dessa primeira vez, experimentou um sentimento de onipotência entorpecente e passou a persegui-lo como um viciado em crack. Foi com uma espécie de surpresa que ele descobriu que o que estava fazendo era considerado crime pela lei, segundo os artigos 130 e 131 do Código Penal brasileiro. O medo não era suficiente para que repensasse suas atitudes, especialmente quando descobriu que na Holanda, em 2007, foram descobertos quatro homens infectados pelo vírus que promoviam festas para transmitir o HIV para os convidados drogando as vítimas, fazendo sexo sem camisinha ou injetando sangue contaminado. Era incrível, o mundo inteiro tomado por um movimento de justiça pelas próprias mãos, de punir os irresponsáveis, os que brincavam com o destino de forma leviana. Ele era basicamente um justiceiro.

Foi só depois de contaminar outras duas mulheres, ainda naquele primeiro mês, que descobriu uma coisa chamada Clube do Carimbo. No início não gostou da palavra. Carimbo. Trazia à tona a todo momento que ele estava marcado para a vida, que não tinha para onde fugir. Mas ao mesmo tempo ele entendia a simbologia de carimbar outras pessoas — o que os membros do clube, em geral, também defendiam como um processo social, como uma luta contra o preconceito que todo soropositivo vive. Se todos tivessem HIV, afinal, a discriminação acabaria. Foi lá que aprendeu técnicas sobre como sabotar camisinhas (era tão fácil!) e maximizar os ganhos. E ele sempre fora um bom aluno.

Respira com tranquilidade pela primeira vez no dia e pega o telefone para pedir que Elisa traga uma sobremesa. Está tudo bem, afinal. Como ele pode ter abandonado a prática? Como pode ter se deixado enganar pelo discurso da médica? Aquele falatório sobre como pessoas com o vírus podem ter uma existência normal, carga viral indetectável e gozar de todos os prazeres da vida o convenceu. Se ele pode, se ele é normal, bom, o resto não faz sentido. Só que ele não é normal, e a consulta da manhã fez o favor de escancarar a verdade a sua frente. Ele não é normal, todo mundo sempre vai sentir nojo e medo do seu sangue, e ele tem que fazer alguma coisa. Não é como se ele fosse uma dessas mulheres promíscuas e imorais ou uma dessas bichas sujas e vergonhosas. Ele é um homem, um ser humano, pelo amor de Deus! Não pode sofrer esse tipo de preconceito, e sua forma de resistência é como uma luta pelos oprimidos. Definitivamente é um justiceiro. Deve se orgulhar.

Liga a televisão da sala para assistir ao *Globo esporte*, solta algumas exclamações durante os gols da rodada e discute com o apresentador sobre as negociações de venda de um jogador promissor para um time da Europa. Isso é que devia ser contra a lei: os jogadores se formam no Brasil e, quando vão dar os melhores resultados para o clube, são cooptados pelos times da Europa, que, lógico, têm muito mais dinheiro para investir.

Elisa bate na porta antes do fim do programa, interrompendo seus resmungos, trazendo a sobremesa que ele pediu. O cheesecake de framboesa da padaria não é o melhor que já comeu, mas é bom o suficiente para celebrar sua alegria reconquistada. Quando termina de comer, até esquece que estava postergando ao máximo o trabalho e desliga a televisão antes mesmo do fim do programa. Decide terminar tudo o mais rápido possível para que possa passar em casa, tomar banho e vestir sua melhor roupa de galã da novela das nove. Não vai fazer a barba, porque percebeu nos últimos tempos que a sombra de barba malfeita faz sucesso com as mulheres.

Sai de casa vestindo camisa social preta e calça da mesma cor, e pega o táxi com alguns minutos de vantagem. Sabe que vai chegar adiantado, mas gosta da ideia de esperá-la com uma taça de vinho — ela não vai recusar, mesmo que ainda seja dia.

A Catedral da Sé é uma construção gótica da metade do século XX e uma das cinco maiores igrejas neogóticas do mundo. Com um interior impressionante e uma arquitetura admirável para qualquer apreciador de arte, contrasta com os ciganos e mendigos que lotam a praça a sua frente. Durante a noite, quando a região esvazia, as luzes da praça se acendem e iluminam o verde das árvores, ficando ainda mais bonita em dias de chuva, com os reflexos na água. Nessas horas, não há ciganos e mendigos: são os usuários de drogas que se mantêm por lá.

No meio da tarde, ele atravessa, depois de descer do táxi, a praça lotada de gente — turistas, vendedores, trabalhadores — em direção ao café indicado por Danielle. Uma cigana segura seu braço, que ele tenta puxar com força.

— Calma, calma, moço, tá tudo bem — ela responde, encarando a palma de sua mão. — Sua linha da vida é muito pequena. Você precisa ter cuidado ou vai morrer cedo — continua.

Com um único movimento, ele empurra a cigana com o outro braço e consegue se livrar, saindo apressado sob os gritos dela. Quando finalmente entra no café, respira fundo duas vezes. O local que Danielle escolheu é arrumadinho, um arranjo discreto de vela em cada mesa e um menu com títulos espertos, que tentam ser engraçados, para os pratos oferecidos: o misto-quente é Bukowski, e a torta de morango com chocolate é Stendhal.

Ela chega poucos minutos depois, atrasada, esbaforida, as bochechas avermelhadas pela pressa. Cumprimenta-o com um beijo no rosto e senta em seguida, apoiando a bolsa na cadeira e pedindo um Agatha Christie (café preto) para a garçonete. Só então ele percebe que esqueceu de pedir o vinho.

— E aí, como foi o seu dia? — ela pergunta, tomando um gole do líquido amargo assim que chega.

Ele sorri. Não pode contar sobre a importância que o dia teve em suas resoluções pessoais — até porque impediria que qualquer atitude seja efetivamente levada adiante —, mas pode dizer com segurança, decide, que é o começo de uma nova fase na sua vida. Ela entende de forma completamente diferente a declaração, o que, para ser sincero, ele previu que aconteceria, e reage com euforia. Parabeniza-o e diz que é necessário coragem, ousadia e determinação para recomeçar.

Ele segue o resto do encontro em ponto morto, sem engatar, levando a conversa de forma que exija o menor esforço possível. Ela não é de todo chata — os peitos imensos compensam qualquer falha, ele tem que confessar —, e por isso ele até presta atenção em alguns relatos. Seu colega de trabalho vive lhe lançando cantadas lascivas e é, segundo ela, um machista nojento — ele instantaneamente encara o decote dela, confuso —, e sua chefe maravilhosa serve de mecenas para... Bom, já é atenção suficiente.

Não vai levá-la para sua casa porque não quer sujar os lençóis com suor de vagabunda, então sugere um motel barato ali perto do Centro. Ela topa, deve estar louca para dar, e ele paga com uma nota de cinquenta pelas três horas seguintes. O quarto é pequeno, iluminado pela janela ampla na lateral, que deixa que eles ouçam o barulho dos carros lá embaixo, ainda bastante audível do quarto andar. O dia já escurece pelo fim da tarde, a luz que entra é meio fantasmagórica e o jogo de cama é todo florido. Alguma coisa no padrão da estampa o faz lembrar da sua falecida avó, dona Mercedes, que tinha o rosto enrugado com histórias a cada dobra e carregava um rosário nas mãos aonde quer que fosse, pregando suas crenças evangélicas para moças aleatórias que encontrava no ônibus. Morreu com oitenta e seis anos, ele não consegue se recordar do que, e o seu funeral triste recebeu apenas a família mais próxima. Meia dúzia de pessoas unidas em volta do caixão de tampa aberta, e ela de olhos fechados, um sorrisinho no rosto que parecia denunciar que continuava julgando lá do céu todos aqueles que seguiam vivos.

Danielle larga a bolsa no chão e se deita na cama, abrindo os primeiros botões da blusa e mostrando a renda escura do sutiã que segura aquelas obras de arte. Ele se deita por cima, afastando as camadas de roupa o mais rápido possível, e, quando ela pede por camisinha, tira a que preparou mais cedo do bolso da calça jeans jogada no chão. O látex vai estourar e ele vai ensinar uma lição a mais uma pessoa. Parabéns.

Quando terminam, ela percebe que a camisinha rasgou e vai até o banheiro limpar a gosma que toma a parte interna das coxas, antes de vestir a roupa novamente. Sem jeito, volta, explica o que aconteceu e garante que vai tomar a pílula do dia seguinte. Ele sorri, sem conseguir resistir, e diz que ela não precisa se preocupar: o que está feito está feito. Surpresa com o que acredita ser compreensão, ela o abraça com força e deposita um beijo carregado de saliva na sua bochecha.

— Eu preciso ir — ela diz —, mas a gente pode se encontrar outro dia, o que você acha?

— Eu tenho seu telefone — ele responde, se escorando nos travesseiros da cama. Ainda tem quase duas horas para usar o quarto, então decide que vai ligar a televisão e ficar por lá, degustando o sentimento de poder absoluto que toma conta de seu corpo.

Ela sorri, pega a bolsa e parte. A TV transmite basicamente filmes pornográficos, o que é esperado, e a morena que chupa um pau naquela cena o faz pensar em uma das primeiras meninas que comeu. Giovanna se orgulhava de dizer que tinha ascendência espanhola, era uma menina pequena de olhos escuros e cintura fina. Ela tinha fama de chupar caras no banheiro da faculdade entre aulas, e uma vez, numa festa, ele e sete amigos arrastaram ela para um quarto e decidiram que seria legal ver quanto aguentava. Os oito comeram ela, um de cada vez, rindo dos balbucios incompreensíveis de menina bêbada que ela deixava escapar. Ele foi o último, e seu pau ainda estava na boca dela quando o celular tocou. Ele atendeu. Seu pai havia morrido num acidente de carro.

Troca de canal.

Deitado na cama, encarando as cenas de sexo explícito sem prestar muita atenção, sente o corpo descansar finalmente. Tudo na sua vida está resolvido, e a descarga de alívio da última hora parece ter feito cada um de seus músculos relaxar completamente. Dorme sem perceber, sendo acordado apenas pelas batidas na porta indicando que ele deve sair ou pagar mais. Senta na cama com pressa ao ouvir o barulho, se veste, recolhe seus pertences — carteira e celular em cima do criado-mudo de madeira com a tinta azul descascando — e abre a porta, meneando a cabeça para o cara que o espera antes de seguir pelo corredor e sair na rua.

A noite já tomou as ruas da cidade, e as luzes dos carros criam caminhos coloridos alguns palmos acima do chão. Ele respira fundo, tragando o ar poluído do Centro, os odores de mijo, gordura de restaurante e gasolina se misturando. Tenta sorrir e recuperar a sensação de contentamento e poder que o dominou logo antes de pegar no sono, mas, enquanto se dirige para a estação do metrô, percebe que não vai voltar tão cedo: se perdeu ao fechar os olhos.

Encara os rostos estranhos pelo vagão e na baldeação para a linha verde, se perguntando se mais alguém ali carrega a mesma sina que ele, ou, ainda mais raro, se mais alguém tem a sua coragem. É improvável, mas a ideia de ter um irmão presente, a poucos metros, faz com que se sinta levemente melhor. É um consolo pensar que não está sozinho.

Ele já sabe, mas é observando uma loira bronzeada que admite racionalmente: a única forma de recobrar a sensação é fazer de novo. E ele precisa sentir o poder.

Tão absorto está em pensamentos que, quando o tiro soa e acerta o homem a poucos metros, ele nem sequer pula de susto.

3

AÍ JÁ ERA QUATRO QUANDO O CAUÊ CHEGOU, SABE, TIPO, ELE TEM AQUEle cabelo encaracolado que fica saindo pelo boné, é mó estranho, mas ele gosta, daí ele veio caminhando daquele jeitão dele, mão no bolso e tal, pegou um copo, colocou limonada e o Vinícius viu, e ele não perdoa né, já chegou falando.

— Fala, meu negão! Demorou, hein? Vai ficar na limonadinha?

— Ah, cara, minha vó precisou ir na emergência do hospital, tive que levar ela.

— Que merda, cara, mas isso pede um momento relax. Ô Bruno, chega aqui.

Eu já tava ali do lado, mas é jeito deles de falar, sabe, tipo, como se eu não tivesse ali de verdade, daí eu tava, tipo, sendo oficialmente convidado pra conversa, tá ligado? Aí eu cheguei e disse:

— Fala, meu.

— A gente tá a fim de ir dar uma relaxada lá em cima.

— Demorô, cê tem um beque aí?

— Pô, cara, e o Cauê não tem? — Aí ele virou pro Cauê e disse: — Tu não mora na boca?

— Não, eu moro perto da estação Cidade Universitária.

— Tenho certeza que te vi hoje de tarde lá, tu ficou me ignorando por que, não queria ajudar os parça?

— Porra, cara, eu moro com a minha vó, tem nada disso aí não!

— Ô meu — aí eu tive que falar né, porque senão eles ia ficar nessa merda até amanhã de manhã —, tua vó tem os cabelo branco? Tipo, ela é negra né, aí quando fica velha tem cabelo branco ou só gente branca?

— Deixa de ser retardado.

Foi só o que o Cauê falou, eles tudo acham que pode me tratar desse jeito só porque eu sou mais novo, ninguém tá nem aí pra mim, na moral, só que eu apresento os moleque e daí eles me chama pras coisa mas é sempre assim. Aí eu disse:

— Tá, Vinícius, manda esse beque aí!

E a gente foi tudo pra pracinha do prédio, que tava vazia né, era tipo madrugada boladona, quem é que ia na pracinha a essa hora né, só os vagabundo que nem a gente pra fumar maconha, já viu criança na pracinha de madrugada, claro que não né, e daí que tava tudo escuro porque não tem luz, e daí a gente sentou nos balanço tudo vermelho azul amarelo, o prédio lá atrás, a gente olhando a cidade, ali no Morumbi mesmo, os ricaço dos prédio do lado, aquelas piscina imensa que parece o mar, as estrela tudo apagada, e a gente ali fumando o beque, daí o Cauê falou:

— Eu nunca fumei maconha. — Assim baixinho, tipo só pra ele, olhando a ponta do beque, e eu tava quase falando que era pra ele fumar do outro lado né, senão ia se queimar, mas daí no fim ele sabia disso e foi e fumou direto e deu uma tossida, é normal até tossir, o cheiro às vezes é meio enjoativo e tal, aí ele falou de novo: — Da onde vocês se conhecem?

— Da escola — o Vini disse e daí eu falei:

— O Vinícius tem todos os suplementos, sacou? — E é engraçado que ele é todo bombadão, sabe, mas é daqueles que eu não sei como cresce o peito e os braço de um jeito diferente e ele é meio baixinho e tal e no fim fica parecendo um pitbull, o cachorro, sabe? E daí eu disse: — E um pouquinho mais, mas eu não quero ser forte e ter o pau pequeno que nem ele, então nem ligo.

— Que pau pequeno o quê. — E daí o Vinícius veio e baixou as calça e mostrou aquele pinto molenga dele e disse: — Toca aqui então pra tu ver.

E daí eu comecei a rir e não conseguia parar de rir daquela minhoca balançando na minha frente, e daí eles continuaram falando e rindo e o Cauê disse:

— Não sabia que cê era gay.

— Gay o caralho, vê se tu para de falar merda ou tu vai se arrepender.

Só que a gente não conseguia parar de rir, o Cauê ficou rindo e eu fiquei rindo e o Vinícius não, ele não ria nada mas eu ria e o Cauê ria e daí o Vinícius voltou pro balanço dele e eu disse:

— Ô meu, vocês já se inscreveram pro vestibular?

— Pode crer. Vou fazer educação física.

Aí o Cauê disse:

— Ah, cara, que surpresa!

E o Vinícius parece que ficou meio bravo com isso, daí ele disse:

— E o que tu acha que quer dizer com isso, hein?

— É esse teu abre aspas estilo fecha aspas. Não tem problema, ô, nem todo mundo é esperto.

Aí eu comecei a rir mais ainda, meio guinchando, porque o Vinícius não é muito esperto não, eu nem sei como ele consegue contar as grama de proteína que ele tem que tomar naqueles pó tudo com água, e daí de repente o Vinícius foi e empurrou o Cauê do balanço e ficou segurando ele pelo pescoço ali na parede do fim da pracinha e embaixo tem uns chão lá embaixo é bem alto, eu nem gosto de chegar perto, e daí ele disse:

— Tu acha que eu sou viadinho burro, é?

E eu disse:

— Não fala nada.

E cheguei perto, e daí eu vi que eu tava tremendo pra caralho, tipo, tinha o beque, sabe, mas tipo, eu já tava começando a me cagar de medo tá ligado, o Vinícius, ele é meio louco, sabe, tipo, esses cara que toma esses negócio não dá pra confiar direito não, daí eu disse:

— Que que tu tá fazendo, cara, solta ele, cara, não é assim que se resolve as coisa...

E ele ficou quieto e o Cauê gritou e daí ele disse:

— Tu acha que vai ter alguém que vai te ouvir e vir aqui te salvar, seu bosta? Vai ficar bem quietinho senão eu te jogo mesmo daqui.

E daí eu comecei a chorar, tipo, eu nem sabia mas daí a água tava caindo nas minha bochecha e não era chuva não, era tudo lágrima e de repente os soluço tudo começaram e eu comecei a ficar mais nervoso ainda e daí o Vinícius disse:

— Ó, e depois o viadinho sou eu. — E se virou pro Cauê. — Ele tu não xinga?

E o Cauê olhou pros lado, tentou olhar pra baixo, acho que ele tava pensando se era muito alto, se ele ia morrer, mas ele não conseguiu nem virar um pouco o pescoço e daí ele deve ter ficado pensando se ia morrer ou não e o Vinícius disse:

— Tu vai falar mais alguma coisa?

E eu não sei o que me deu, sabe, tipo, de repente eu tava lá em cima deles, do nada mesmo, antes eu tava ali quieto chorando sem nem perceber e de repente tava lá, tipo, eu não sei o que me deu, foi do nada mesmo, e daí eu fiquei pensando depois se podia bater nele com alguma coisa e peguei uma pedra e bati ela na cabeça do Vinícius mas foi meio fraco, sabe, eu não sou muito forte, tipo, não que nem o Vinícius, eu nem gostava de academia, eu sou fraco, tá ligado, e daí o Vinícius só se desequilibrou um pouquinho mas daí ele soltou o Cauê, assim do nada, e eu fiquei olhando e comecei a chorar mas daí lembrei que já tava chorando e o Vinícius se ajeitou e se agarrou no parapeito e a gente ouviu o corpo do Cauê cair lá embaixo e daí o Vinícius disse com a voz baixinha:

— Que merda você fez? Que merda você fez?

E eu fiquei quieto e eu não conseguia falar nada e eu só ficava olhando lá pra frente e a água na minha cara e eu fiquei quieto e o Vinícius disse:

— Cara, eu não ia matar ele. É *óbvio* que eu não ia matar ele. Isso é tudo culpa sua!

E eu não conseguia falar nada daí eu fui até o parapeito e olhei lá embaixo e não vi nada e daí eu disse:

— Vou ligar pra minha mãe.

— Tu tá louco?

— ... emergência?

É o que eles fazem nos filme né, ligar pra emergência, mas daí o Vinícius disse:

— Cara, tu não vai ligar é pra ninguém. Se tu ligar só vai dar merda e ninguém precisa saber que a gente teve algo a ver com isso, ele caiu porque tava chapado e só.

— O que a gente vai fazer?

— Nada, Bruno, a gente não vai fazer porra nenhuma, a gente vai ir pra casa e fingir que isso nunca aconteceu, vou te conseguir uns comprimido pra tu tomar e dormir e esquecer tudo isso, tá legal?

Aí eu não disse nada e a gente foi até a porta do prédio e quando eu vi eu tava num táxi e daí em casa e daí o Vinícius me deu um negócio que ele disse que ia me fazer dormir, alguma-coisa-pam, e daí eu dormi, eu acho, não lembro né, a gente nunca lembra quando a gente dorme, é sempre tipo do nada né, nunca tipo tem aquele momento que tu consegue lembrar que dormiu, que engraçado né, mas daí eu acordei, e meu corpo parecia tipo massinha de modelar e daí tinha a ressaca né, dor de cabeça do caralho e os vômito, e daí tava tudo meio pesado, os braço as perna a cabeça, até pensar tava pesado, sabe, e daí eu fiquei tentando pensar que que tinha acontecido e daí eu vi no whats as mensagem do Vinícius tudo e daí eu vi que era tudo verdade as coisa que eu tava pensando tudo e daí o Vinícius disse no whats que era pra eu ficar quietinho e não falar com ninguém e daí eu fui beber água e peguei os jornal porque vai que já soubessem que que eu tinha feito e daí eu fiquei lendo e lendo o jornal mas ninguém sabia nada e daí o celular apagou a tela e eu queria que as memória pudesse sumir do mesmo jeito, seria muito mais fácil esquecer, ou pelo menos fingir que não tinha matado ninguém, isso já seria bom o suficiente, porque depois de um tempo dava até pra acreditar, tipo, não era mais fingimento, agora era uma história que eu ia falar tantas vezes na cabeça que já ia ser verdade, a minha verdade, e se eu não tinha matado ninguém afinal, não tinha nenhuma outra verdade pra se preocupar, porque não teria motivos pra pensar na mãe e no pai e na irmã mais nova do Cauê, não teria nenhum motivo pra pensar no Cauê, porque ele não tinha nada a ver com o Cauê nem com morte, tá ligado, daí eu fui encontrar o Vinícius, mas ele logo de cara perguntou:

— Ô meu, tu tá fingindo que não aconteceu nada? — E estragou tudo e daí ele me disse: — Tu sabe que que tu fez e agora tá fingindo que tá fingindo, é isso né?

E daí eu fiquei sem entender mais nada, porque se eu sabia que tava fingindo que fingia será que ia conseguir acreditar, e daí o Vinícius disse:

— Cara, relaxa, tu tá suando, puta merda. Sério, cara.

— Tu comeu?

— Ah cara, peguei umas batata frita que a mãe tinha deixado em cima da mesa, tava tudo frio né, mas comi mesmo assim, acordei morrendo de fome, e tu?

— Na moral, não consigo comer, é impossível, tipo, mesmo, como tu tá tão de boa?

— Olha, cara, de boa eu não tô, mas... É como se fosse assim: o que é mais importante, minha consciência ou a liberdade? E, cara, a liberdade.

— Pode crer.

Liberdade era meio superestimada, minha mãe costumava falar isso quando eu era pequeno, sabe, quando a gente fica naqueles negócio que chamam de chiqueirinho, o meu era de madeira, aí tinha uns brinquedo e tal e eu ficava jogando eles longe, tipo, pra ver se a mãe ia me tirar dali e eu ia poder brincar na casa, e tipo, eu não lembro disso né, mas a mãe me contou isso já umas vezes, daí eu meio que lembro sem lembrar, sabe, daí eu pensei que não conheço ninguém que foi preso, e na real eu nem seria né, eu não tenho dezoito ainda, mas não ia ser serviço né, porque matar alguém não é coisa de serviço comunitário, não é tipo fumar maconha, aliás nunca mais ia fumar maconha, de agora em diante ia ser um menino perfeito, fazer tudo direitinho, ia estudar, fazer medicina e de repente salvar vidas pra pagar o carma, aí de repente ia ficar tudo bem de novo e o Vinícius disse:

— E de qualquer jeito não é como se a gente tenha feito *de propósito*. Eu tava dando um susto nele, o que aconteceu foi acidente.

— Mas é mesmo assim, tipo, homicídio culposo.

— Claro que não, culposo é o que tem culpa, é homicídio doloso.

— Cara, não, é estranho né, tipo, mas eles falam assim em *Law& Order*.

E daí o Vinícius me olhou estranho tipo que merda é essa, como se eu não pudesse assistir seriado na TV, minha mãe assinou cabo tem já uns seis meses, tá, e eu fico vendo *Law&Order* mesmo, é legal pra caramba, e daí eu vi que tinha esquecido que tinha matado o Cauê e daí eu disse:

— A gente podia ir lá em casa ver *Law&Order*.

O Vinícius não respondeu, daí eu me encostei no muro, o sol caindo, não dava mais pra ver aquelas poeirinhas que ficam flutuando e que o sol pega e mostra tudo sabe, daí tava começando a chegar um monte de gente já na Vila Madalena, fim de tarde né, um monte de homem metidinho de gravatinha afrouxada e roupinha justa, um monte de gente que não tinha nenhuma culpa se sentando junto numa mesa, e eu queria ser que nem eles, inocente, mas daí o cara ruivo ali bateu na bunda da menina que tava passando, sabe, eles nem se conheciam, tipo, ele simplesmente foi lá e bateu na bunda dela, e dava pra ver que ela não gostou, tipo, pra que fazer isso sabe, de repente eles nem era inocente nada, de repente alguém até tinha matado alguém ali também, aí o Vinícius pegou um cigarro, tipo, ele nunca tinha fumado e daí eu disse:

— Meu, tu não pode começar a fumar, meu, as pessoas vão desconfiar!

— Cara, eu fumo escondido tem uns quatro meses já.

— Caralho, eu achava que te conhecia, tipo...

— Que que é isso, Bruninho? Claro que tu me conhece!

Ele soprou a fumaça na minha cara e veio tipo dar uns tapinha no ombro, sabe, daquele jeito dele, e tipo, o problema era meio esse, sabe, tipo, claro que eu conhecia, a gente era colega há anos, a gente fazia o melhor time de futebol pras olimpíadas da escola, porque o Vinícius era o melhor jogador e só comia frango com batata-doce e ia na academia todos os dias desde os catorze e era o baixinho mais rápido que eu já tinha conhecido e meus pais ficava falando "por que você não pode ser mais como o Vinícius, Bruno?", porque eu não comia o prato cheio de brócolis e cenoura do amigo, e agora ele fumava?

— Cara, acho que eu tô muito nervoso. Cara, meu coração tá batendo muito rápido.

— Ô, não vai morrer, não.

As minha mão tava tudo suada, tipo, suada mesmo, parecia que tinha botado embaixo da pia, daí eu fiquei olhando lá pro horizonte tentando esquecer de novo aquilo, sabe, e daí comecei a tentar ouvir as música que tocava e as conversa e aquela gente toda rindo, e uma ou outra palma que alguém batia do nada, parabéns pro colega por qualquer coisa que ele tivesse feito naquela tarde, e daí eu disse:

— Tu acha que eles iam fazer o que com a gente se descobrissem?

— Cara, vou te falar que não tenho a menor ideia. Mas não pensa nisso, não.

— Onde você acha que vão enterrar ele?

— Bruno, pelo amor de deus, para de falar nisso!

Uma vez eu fui com a escola no Cemitério da Consolação pra ir ver os túmulos de gente famosa, tipo o daquela pintora, Tarsilva acho que era, ela pintava umas pessoa engraçada com pernas grandes, a professora tinha mostrado, só que não tinha placa nenhuma na frente do túmulo dela porque os cara do cemitério falaram que tinha gente que entrava lá de noite e roubava as placa porque era de bronze e dava pra vender e comprar droga, e uma vez eles tinham até levado um portão, e daí fiquei pensando em como os cara tinham conseguido carregar um portão sem ninguém ver pra fora do cemitério, tinha que ter muito compromisso com a droga pra fazer isso, e daí não consegui prestar assim muita atenção nos outros túmulos, tinha um de um negrinho que tinha morrido e realizava desejos de todas as pessoas e tinha muitas, mas muitas mesmo, plaquinhas agradecendo pela ajuda, e tinha também mais plaquinhas assim parece no túmulo daquela mina que era amante de dom Pedro I, aí eu até parei de pensar nos caras magrelos carregando aquelas portas pesadas no jazigo imenso dos Matarazzo, cheio de esculturas de anjinhos e pessoas e um monte de firulas e que aquilo ali daria uma grana se fosse roubado, sabe, a família do Cauê não era de ricos e não tinha uma avenida de São Paulo em sua homenagem, os Matarazzo tinha, foi isso que os cara do cemitério falaram, mas o Cauê, ele seria enterrado num lugar sem graça e ninguém roubaria a placa com o nome, o começo e o fim de vida, e uma frase escolhida pelos pais, porque ela nem seria de bronze, pra começo de conversa, daí eu disse:

— Cara, eu quero ir embora. Não tô me sentindo bem.

— Mas tu não pode dar com essa língua nos dentes, fica na tua.

Aí a gente foi caminhando e o Vinícius largou as bituca de cigarro na lixeira e a gente foi até o metrô da Vila Madalena, tava um ventinho bom até, a gente indo pela calçada toda torta, é engraçado até, as pedras toda por cima umas das outras aí eu até tropecei mas não caí, consegui me equilibrar, é que meus pé tava tudo suado também, igual as mão, e o chinelo, sabe como é, mas não caí, só que se ficasse suando assim ia perder toda a água do corpo, e daí o vagão do metrô pelo menos tava vazio, a gente podia sentar em qualquer lugar, e daí umas pessoa entrava de vez em quando e ficava mexendo no celular ou com uns livro ou olhando pro nada que nem eu, só que eu tava olhando pras pessoa, e daí um cara de preto ficou ali de pé e um casal também, só que tinha vários assento vago, pra que ficar de pé, não faz sentido, mas daí eu quis levantar também, eu sabia que ainda ia demorar quatro estação pra descer mas sei lá, sabe, aquela gente de pé, por que eles tavam de pé, levantei também, tipo, vai que tinha algum motivo, sabe, e de repente eu devia começar a ficar de pé sempre, sentar é pras pessoas legais, eu não sou legal, eu matei alguém, eu devia meio que tomar no cu pro resto da vida sabe, e tipo, ficar de pé no metrô é meio isso né, daí eu levantei só que daí do nada o Vinícius se jogou em cima de mim porque um tiro do nada tinha soado, tô falando sério, cara, um tiro, atiraram uma arma assim, no metrô, cara, eu nem acreditei, mas pelo menos tava tomando no cu.

4

— EVA.

Ela escuta a voz como que vindo direto do Éden, ultrapassando as barreiras de todos os níveis de sono em que se encontrava naquele momento.

— Eva.

O nome dela. O nome da primeira mulher.

— Eva!

Ela abre os olhos e encontra a escuridão. A pupila se dilata e em poucos segundos ela consegue divisar as formas que tomam seu quarto. Armários, abajures, um sofá, a cama imensa e a fonte da voz deitada ao lado.

— Ele tá chamando — ele fala, a voz suave agora, passando a mão grande e pesada pelo rosto dela. Ela dá um sorriso falso e senta na cama.

Passa as mãos pelos cabelos escuros, que caem embaraçados até quase os ombros. Sente o óleo no couro cabeludo e desce os dedos, tentando desfazer os nós, quebrando dezenas de fios no processo. Respira fundo, calça os chinelos felpudos e caminha pelo tapete até o quarto do bebê.

A luz fraca do abajur em tons de azul esfria o ambiente, e a visão dela encontra Davi. Ele está se revirando no centro do berço, entrelaçando as mãos minúsculas na frente dos olhos, chorando. Ela chega perto da criança e a pega no colo. Davi para de chorar ao encontrar o calor da mãe, e ela segue embalando o filho e murmurando em voz baixa canções de ninar. Senta em uma poltrona grande perto do berço e encara o pacotinho aninhado nos braços. Respira fundo e pensa: *deus, deus, como queria amar você.*

O bebê se remexe nos braços dela e volta a chorar. Ela recosta a cabeça no apoio da poltrona e começa a pensar em tudo que tem que fazer amanhã, mas não vai conseguir, porque vai dormir pouco, acordar com enxaqueca e passar o dia inteiro irritada e se sentindo mal por causa do filho que o pai, o marido e o Estado a obrigaram a ter.

Ela encara o bebê no seu colo. Ele tem olhos imensos de íris preta, gêmeos dos olhos dela, e por alguns segundos, sugado pela profundidade do seu olhar, ele se cala. Coloca uma das mãos pequenas na boca e a observa. *Não é culpa dele*, ela pensa, não é culpa dele ter nascido nesse ambiente horroroso, do útero de uma mulher que podia ser tudo menos mãe. Não é culpa dele.

Mas não é minha culpa também, pensa em seguida.

Suspirando, ela desvia os olhos e entre os gemidos novos da criança se levanta e a coloca de volta no berço. Ele a encara de longe e chora mais alto. Ela vira as costas, fecha a porta e volta para a cama.

— Ele se acalmou? — o marido pergunta, acordando de leve quando ela se joga na cama.

— Sim. Tá tudo bem.

E adormece minutos depois.

Quando o despertador toca, ela acorda de sobressalto e se senta na cama vazia. Respira fundo, coloca a cabeça entre as mãos e aperta as têmporas, tentando lembrar o que havia sonhado. Tinha sido forte. Ela ainda sente a impressão de alguma assombração às suas costas, e o aperto no estômago era uma lembrança física do que tinha se passado no seu inconsciente.

— Bom dia, meu bem. — Ele sai do banheiro da suíte de toalha amarrada na cintura e cabelos úmidos e vai até ela para buscar um beijo. Ela fica quieta enquanto ele segue falando sobre a reunião que terá hoje e ela continua encarando a parede do quarto.

Aranhas, não? Tinha uma aranha caminhando na sua pele durante o sonho.

— Eva? — Ela vira o rosto para ele, que pede confirmação sobre qualquer coisa. Ela faz que sim com a cabeça. — Que é isso? Eu perguntei onde tá minha gravata vinho.

— Tá... — Ela respira fundo, fecha os olhos e pensa. Ela lavou aquela gravata, não lavou? Deve estar secando. — Deve estar secando. — E percebe então que o marido iria sair. — Antônio... — Ela suspira. — Antônio, lembra que você é quem ia ficar em casa hoje? Eu tenho compromisso.

— Do que você tá falando? — Ele se vira para ela, enfiando a camisa branca dentro da calça social com o cinto preto aberto.

— Eu te falei há umas semanas, você falou que podia pedir uma folga e ficar com o Davi. Eu ia apresentar minha pesquisa na semana acadêmica do curso de história, lembra?

Ele dá um suspiro aliviado e sorri, se aproximando da cama e beijando a testa da mulher.

— Eles vão sobreviver sem você. Você disse que a gravata tava secando, né? — E, sem esperar resposta, ele sai.

Ela volta a deitar e observar as paredes. Em cima do criado-mudo dele está a miniatura de *Perseu com a cabeça de Medusa*, de Antonio Canova. Sua sogra era apaixonada pelo artista e deu o nome dele ao filho, que declarou essa escultura a maior obra de arte já feita.

— Ele é um herói e enfrentou até o pior dos monstros, uma mulher que paralisava os homens com o olhar — Antônio disse a ela quando comprou o objeto, expondo primeiramente na sala do apartamento e depois o levando para a intimidade do quarto. — É uma metáfora, não é? De como os homens perdem o poder diante das mulheres, e como elas na verdade têm o poder de nos destruir... Somos apenas homens... e basta um olhar... — Ele meneou a cabeça e espantou os pensamentos, olhando para ela e a puxando para um beijo.

Eva tinha oito anos quando teve aulas de artes pela primeira vez na escola. Desenhou um horizonte como a maior parte das crianças, com morros imaginários que ela nunca tinha presenciado de verdade no meio do concreto de São Paulo, de onde nunca havia saído, e um sol majestoso surgindo por trás. Tinha usado têmpera para colorir e ficou orgulhosa do resultado, colorido, intenso, um pouco borrado, mas bem mais realista que as obras dos coleguinhas que colocavam feições no sol. A professora colou uma estrelinha dourada e ela levou o trabalho, satisfeita, para casa. Mas seus pais não se interessavam por pintura, e o desenho caiu da geladeira em um dia de vento e foi varrido com o lixo.

Eva não conhecia grandes artistas e, fora a *Mona Lisa*, tampouco obras de arte. Mas era fácil entender o que tornava aquela escultura especial. Para ela, a clareza do mármore, o polimento da pedra e a inspiração classicista nada importavam. De frente para uma réplica em que podia tocar, levou os dedos automaticamente para o tecido, tão bem representado que ela quase não acreditou quando tocou e sentiu a textura fria e a dureza do material. Mas foi o rosto de Medusa que a sugou para a obra. Enquanto Perseu exibe uma expressão serena, encarando a cabeça do monstro que segura pelos cabelos de cobra, Medusa encara o nada com olhos abertos sem íris e sem pupila, as sobrancelhas franzidas em sofrimento, a boca ainda escancarada em um grito silencioso de desespero que ninguém vai ouvir, mas que, para Eva, soava ensurdecedor.

Quando a porta da frente bate, Eva sabe que está sozinha. Vai até o quarto de Davi, que encara o móbile da cama em silêncio, e pega o bebê no colo. Leva-o até o cercadinho na sala, liga a televisão nos desenhos da manhã e coloca meia dúzia de brinquedos aleatórios ao lado da criança.

— Mamãe vai tomar um banho, tá? Não chora.

O banheiro da suíte é todo branco, e a aparência asséptica foi uma exigência do marido. "Me faz sentir seguro", disse, alegando uma leve hipocondria. Agora, encarando as superfícies luminosas que ela tem que limpar, se sente ainda menos confortável do que nas primeiras vezes em que usou o espaço. Por isso, recolhe a toalha e vai até o banheiro das visitas, com um boxe minúsculo e azulejos coloridos nas paredes. Enquanto sente a água escaldante tocar a pele, planeja ligar para Virgínia assim que sair do banheiro para se desculpar pela ausência. Mas que merda, esperou por meses que aquele dia chegasse e agora não pode ir.

Enrola-se na toalha e sai do banheiro para encontrar o som estridente de choro de criança. Davi está de pé dentro do cercadinho, todos os brinquedos atirados para fora, chorando de boca aberta. Pega o bebê no colo, vai até o quarto, larga-o na cama e se veste enquanto fala em voz alta, o que parece acalmá-lo:

— Acordou com força agora, né, Davi? Fica calminho aí que a mamãe vai se vestir e te dar comida. Você quer mamadeira? Você quer mamadeira, né? Vamos lá, então.

De mãos dadas com a mãe, Davi caminha desajeitado até a cozinha, sentando-se no chão quando Eva de repente se desvencilha dele. Minutos depois, ela traz a mamadeira às mãos do filho e o coloca de volta no cercadinho. Pega o celular do bolso da calça e começa a digitar enquanto devolve os brinquedos para o lugar.

— Oi, Virgínia? Tudo bem? Pois é. Sim, ele mesmo. Surgiu um imprevisto e não vou poder ir hoje. É, é uma merda, eu sei. Quem dera... Claro, claro que sim. Pode vir, fico te esperando. Beijoca.

Desliga o celular e senta no chão, observando Davi, que mama em silêncio olhando na televisão mais uma perseguição inútil entre

Tom e Jerry. Com um suspiro resignado, vai até a cozinha e começa a lavar a louça do dia anterior e a preparar o almoço. Em cima do balcão que separa o espaço da cozinha e da sala e também serve de mesa, repousa uma pequena e adiantada árvore de Natal decorada em vermelho e dourado. Eva seca as mãos e vai até ela, acendendo as luzinhas coloridas. Ela prefere luzes amarelas, mas Antônio insistiu que comprassem a versão em cores porque Davi iria preferir. Mesmo assim, a árvore é encantadora e consegue trazer lembranças gostosas da infância, com uma crença cega em Papai Noel e euforia descontrolada pelos presentes.

Ela podia voltar a ser criança, em vez de precisar cuidar da casa e pensar nos presentes que vai ter que comprar para o marido e a família inteira dele, porque nem isso ele é capaz de fazer. A perspectiva de comprar presentes costumava ser um sentimento agradável, e por muitos anos ela gostou de planejar presentes divertidos e diferentes para a melhor amiga da adolescência e para a família. O único presente que comprou com prazer este ano foi o livro com os contos completos de Flannery O'Connor para Virgínia, mais de uma década mais nova, com quem tem contato esporádico, e mesmo assim pode ser atualmente considerada a pessoa de quem ela mais gosta.

Conheceu Virgínia em um bar há mais ou menos um ano, quando tinha recém-descoberto que estava grávida de seis meses e decidiu tomar um porre de uísque. A ideia de se encher de álcool e provavelmente danificar a vida que crescia dentro dela lhe dava tesão, porque não queria, de jeito nenhum, ter aquele bebê. No bar lotado, uma garota de cabelo black power estendeu o braço tatuado ao seu lado. Eva observou os desenhos intrincados e coloridos na tela escura que era a pele da recém-chegada e foi pega de surpresa quando ela falou:

— Gostei da sua.

Ficou em silêncio por alguns poucos segundos até entender que a estranha estava apontando para a única tatuagem que possuía, o rosto da Medusa no antebraço.

— Obrigada — sorriu. — As suas cores também são legais.

— Virgínia, prazer.

Virgínia tinha vinte e quatro anos e estava fazendo dupla graduação em ciências políticas e história na Federal, e era impressionante. O olhar vivaz, os movimentos certeiros e a voz grave faziam sua presença nunca passar despercebida. Conversaram por horas, até Eva ficar tão bêbada que não conseguia parar em pé. Virgínia a levou em casa de táxi e no outro dia, quando Eva acordou, achou um bilhete escrito em um guardanapo: "Gostei de te conhecer, mulher. Tô aí se precisar", com seus contatos.

Eva preferiu escrever uma mensagem para o e-mail a ligar para o número de celular, e se desculpou pelo possível vexame e por ter causado problemas para a desconhecida. Ofereceu compensar com um café em alguma Starbucks, mas Virgínia rebateu sugerindo uma visita à exposição de novos artistas na Galeria Vermelho.

O primeiro quadro que chamou a atenção de Eva era todo em tons de vermelho em diferentes intensidades e pequenos traços em uma textura irregular que cortavam a tela.

— É sangue de menstruação e pelos pubianos — Virgínia explicou, encarando a reação de Eva, que arregalou os olhos por alguns segundos inevitáveis.

— Jamais imaginaria — confessou em seguida. — Por que...? — Deixou o ar todo sair de uma vez e só então se deu conta de que havia prendido a respiração com a surpresa. — Por que a artista fez essa escolha?

— Eu não sei — Virgínia revelou. — O trabalho dela sempre diz respeito ao lugar da mulher no mundo, e acho que o objetivo deste é justamente surpreender as pessoas com a fisiologia feminina, que hoje em dia sempre tem um teor de nojo. É como *A origem do mundo*, do Courbet, você conhece?

— Não.

— Bom, é basicamente uma vulva cabeluda completamente exposta, pro escândalo dos apreciadores de arte. Isso foi ainda pelos 1800. Aí em 89 uma artista francesa fez *A origem da guerra*, que é igual só que com um pau.

— Francamente, fico com o primeiro.

— Por quê? Você acha que a ideia da mulher como origem do mundo é poética e a outra só agressiva?

— Na verdade — Eva começou, abrindo um sorriso ao perceber a ousadia do que ia declarar em seguida — eu... sei lá, ia preferir encarar uma vagina na minha parede.

Virgínia soltou uma risada cristalina e puxou Eva para um abraço.

— Tenho que te levar nos encontros que eu vou. Você é feminista e nem sabe.

Eva aceitou. A rotina de professora já tinha mostrado suas frustrações nos primeiros anos, em que sua mesa era semanalmente lotada de redações mal escritas por alunos de boas escolas que pareciam acreditar que isso seria o suficiente para que passassem no vestibular. É verdade que todo ano aparecia um ou outro estudante que mostrava ter vontade de escrever e talento com a linguagem, mas as exceções não eram suficientes para compensar as folhas de papel cobertas de caneta vermelha, que corrigia até as construções gramaticais mais simples.

O mundo da literatura, que a havia sugado ainda jovem, e a ideia de inspirar novas mentes flutuavam na sua vida, às vezes voltando a surgir, fazendo-a pensar que quem sabe esse ano seria diferente. Nunca era. Mas o próximo certamente seria, porque Antônio e seu pai haviam decidido que ela deveria parar de trabalhar e se dedicar exclusivamente à prole agora que estava grávida. Antônio era de uma família importante e, como todos os Santos, trabalhava em banco e ganhava o suficiente para dar uma vida bastante boa para os dois. Mas Eva não queria largar o emprego.

— Eu não entendo por que você tá sendo tão teimosa! Você reclama da merda do seu emprego toda semana! — E assim Antônio concluiu a discussão.

No grupo feminista, as mulheres eram todas incríveis e diferentes. Algumas tinham cabelos coloridos, várias haviam abandonado o sutiã e muitas estavam no processo de abandonar a depilação. Axilas cabeludas desfilavam. Eva passou uma semana sem se depilar com lâmina e apreciou o crescimento sutil dos pelos nas canelas e nas axilas.

— Meu bem, você está deprimida? Você não tá nem cuidando de você e do nosso casamento — Antônio se manifestou, preocupado.

Ela voltou ao próximo encontro com a pele lisa.

Lembra com carinho da noite em que, juntas, recriando um dos momentos mais simbólicos do surgimento do feminismo radical nos Estados Unidos, elas jogaram revistas de moda, produtos de maquiagem, sutiãs, sapatos de salto alto e vários outros símbolos de opressão em uma lata de lixo, tentando, simbolicamente, fortalecer o laço que estavam construindo com a própria liberdade. O aborto no Brasil, o fim da violência doméstica e a cultura do estupro eram pautas obrigatórias em todos os encontros. A arte fazia parte do movimento social, e intervenções eram usadas frequentemente como forma de chamar a atenção da população para o que acontecia no mundo.

Uma das participantes, vocalista de uma banda só de meninas, levou um documentário para que elas assistissem juntas: *The Punk Singer* falava sobre a artista Kathleen Hanna, líder de uma banda punk feminista dos anos 90 chamada Bikini Kill. Eva não sabia nada daquilo e a única coisa que reconheceu no filme foi a música do Nirvana "Smells Like Teen Spirit", que havia surgido a partir de uma pichação que Hanna fizera no quarto de Kurt Cobain. Impressionada, buscou as músicas no computador e passou a cozinhar ouvindo o disco *Pussy Whipped*, até o dia em que Antônio reclamou que a música barulhenta atrapalhava seus momentos de paz e tranquilidade em casa.

— Você está diferente.

Estava mesmo, e não tinha nada a ver com a gravidez, mas foi a desculpa que usou. Já estava de seis meses, e foi a aparição da barriga que a obrigou a revelar a verdade para a família. Durante aqueles últimos meses de liberdade, aproveitou para beber uísque com o marido sempre que podia, e a ideia de que o bebê em seu ventre morria aos poucos a cada gole foi o incentivo para os vários porres que se seguiram. Em algum momento, pensou em experimentar alguma droga, alguma coisa que sequelasse o feto para sempre, que a liberasse do fardo de uma criança indesejada pronta para roubar o resto de vida que tinha. Nada aconteceu, e o bebê, chamado Davi por vontade do pai, que ironicamente significava "aquele que é amado", nasceu perfeito.

De dentro do cercadinho, ele solta uma risada alta. Eva levanta os olhos da panela no fogão para ver a criança, que encara a televisão de olhos vidrados. Ele é bonito, robusto para a idade, os cabelos pretos e espessos na cabeça um pouco grande demais para o corpo. Enquanto assiste ao desenho, resmunga sílabas incompreensíveis baixinho, para si mesmo, acompanhando as falas dos personagens. Quando a campainha toca, ele se assusta e vira a cabeça na direção do som, parando de rir. Eva desliga o fogo e se dirige para a porta, convidando Virgínia a entrar. Ela carrega uma bolsa de couro marrom com franjas lotada de livros e papéis. Senta-se em um dos bancos altos enquanto Eva pega bebidas na geladeira e desata a falar:

— Não se preocupa. Quando você tiver um tempo livre eu organizo outra palestra assim na faculdade.

— Você é um doce. — Eva sorri.

— Só tô te dando a real.

— Como tá indo a organização pra marcha pelo aborto na Paulista?

— Ah, sabe como é, tem algumas questões políticas entre os grupos que ainda precisam ser resolvidas, mas vai rolar legal — Virgínia começa a explicar, se levantando e começando a se servir de comida quando Eva indica que está pronto. — Estamos esperando umas duas mil pessoas. Pra quem começou com tipo duzentas...

— As coisas tão mudando.

— Pode crer — concorda. — Olha só, hoje à noite vamos nos encontrar no apartamento da Mari tipo umas sete e meia pra conversar sobre o ato. Vai ser um encontro pequeno, umas dez, no máximo vinte mulheres.

— Queria ir, você sabe. Mas tenho o mesmo problema de sempre... — Ela indica a criança com a cabeça. — O que eu faço com o Davi?

— Bom, dependendo da hora que o homem chegar, você pode ir.

Eva aquiesce.

— E como foi a discussão mista?

— Interessante — Virgínia começa. — Especialmente porque, assim que eles nos apresentaram, os caras falaram que eles veem a opressão e querem ajudar, então quando chegou a minha vez eu disse "Amigo, seguinte, não fala isso pra mim, sabe? Eu sei de tudo isso, eu não preciso da sua aprovação. Vai lá e fala pros outros homens, fala pros seus amigos que ficam dando nota pras minas que eles pegam na noite, fala pros amigos que compartilham fotos de meninas nuas, manda eles pararem. Aliás, antes disso, vocês podiam parar de ver pornografia, né? Porque abrir mão de uma indústria misógina e racista que lucra em cima da exploração do corpo feminino realmente é um passo, agora vir e falar pra mim é fácil demais, não serve pra nada".

— Falar pra você todo mundo quer, ninguém quer falar pro melhor amigo, eles acham que falar pra você tá mudando o mundo. Ridículo.

— É impressionante como a história se repete. — Virgínia suspira. — Até liberdade sexual, tem que vir um homem pra distorcer tudo.

— Mas, bom, ser bonita e sexy virou sinônimo de "empoderamento", quer um feminismo que agrade mais o patriarcado?

As duas riem como que numa piada interna. Quando Virgínia vai embora, Eva pega Davi no colo e coloca a mamadeira na boca do filho com um carinho raro. Encarando a criança indefesa e isenta de culpa, se questiona sobre a empatia que é capaz de dar a milhares de desconhecidas, mas não consegue compartilhar com o próprio filho. É Antônio que deve receber seu ódio, sua raiva e sua represália. Davi é inocente na história. Ela sabe, ela sabe disso, mas aquele rostinho rechonchudo é o espelho da própria prisão.

Você precisa tomar antidepressivos, repete como um mantra.

Com Davi de volta no cercado, pega o computador e uma taça de vinho e vai navegar por sites de e-commerce planejando as compras de Natal. Terminaria tudo até o fim do dia, esperaria Antônio já vestida e, sem explicar muito bem, sairia para o encontro. A casa de Mariana é perto do Vale do Anhangabaú e ela podia descer na República e ir caminhando.

Aquele grupo pequeno de mulheres sempre é capaz de suscitar um sentimento de pertencimento que ela nunca experimentou antes. Descobriram, umas nas outras, uma família cheia de carinho e cumplicidade, e ela anseia por sentir isso novamente, depois de meses sem poder encontrá-las.

Quando chega lá, encontra a sala iluminada pela luz de fim da tarde que cai sobre Mariana como se fosse sua própria aura. Com um sorriso imenso, ela recebe as amigas, e, chegando mais perto, Eva descobre que o assunto é gravidez. Mariana acabou de voltar de uma viagem a trabalho, onde descobriu que está grávida, e agora exibe a barriga pequena de quatro meses. Virgínia, ajoelhada ao lado de Mariana, entoa com Ana um cântico suave e profundo para a barriga da amiga.

Pela primeira vez, Eva sente que pertence a outra espécie.

Todas as vezes em que discutiram sobre a importância do aborto e sobre o que significava maternidade compulsória, que impunha a qualidade de mãe como intrínseca a todas as mulheres, que obrigatoriamente deveriam explorá-la em busca da própria completude, nunca havia percebido que aquelas mulheres não odiavam a maternidade. O problema do conceito não era esse, nunca foi. Era sempre o compulsório, ela finalmente entende.

Senta na primeira cadeira ao seu alcance e continua encarando a cena como observadora alheia. Não consegue se enxergar naquela grávida que sorri e já ama por antecipação o bebê que vai nascer. Nem o positivo no teste de gravidez com o ginecologista havia feito Eva assimilar a realidade material do que acontecia, e, antes de se entregar à semidestruição a prazo do feto, que acabou dando completamente errado, costumava esquecer que uma célula se desenvolvia e iria criar uma vida dentro do seu corpo. A indiferença, a raiva e a frustração haviam sido os três estágios do seu luto, e nada disso encontra reflexo no rosto de Mariana.

Como ela deixou passar aquela ideia tão básica do que o feminismo representava?

Lembra uma das primeiras reuniões em que haviam se juntado para compartilhar experiências na forma de criação de consciência sobre o aborto, a pauta mais urgente do feminismo no país, onde os relatos de algumas das trinta e poucas moças serviam para sensibilizar para a importância da causa.

— Eu lembro que procurei um remédio abortivo... Encomendei dos Estados Unidos, porque lá é liberado — comentou uma menina de no máximo vinte anos, que havia feito o aborto há alguns poucos meses. — Eu não falei pro meu namorado, pra minha mãe, pras minhas amigas... Eu não queria julgamento, eu só queria não ter uma criança — ela falava, recebendo aprovação das muitas mulheres, Eva inclusa. — No dia, eu sangrei muito, tive muitas cólicas, enjoo, vômitos. Minha irmã — a gêmea que sentava ao lado dela — era a única que sabia e ficou comigo durante todo o processo. No dia seguinte, quando fui no banheiro, encarei o vaso e vi o feto ali dentro. Eu senti nojo de mim. Eu queria me punir por destruir uma vida, eu senti o corpo inteiro ficar gelado e nem conseguia chorar. Eu fiquei lá dentro por um tempo, sentada no chão, sem conseguir ter coragem de puxar a descarga.

— Você não pode se culpar pelo que fez — Ana interveio com a voz suave. — Você não matou uma vida, Camila. Isso é parte do problema, o patriarcado quer que a gente acredite que somos criminosas ou moralmente erradas pela independência do nosso próprio corpo.

Outras mulheres se manifestaram.

— São só algumas células.

— A ideia de alma é criada para aprisionar nosso corpo.

— Dogmas religiosos não podem ter precedência sobre nossas escolhas.

Camila começou a chorar, sendo amparada pela irmã. Para Eva, aquilo era a impunidade que ela buscava. Mas, agora, aquelas mulheres que defendiam a ideia do aborto celebram a gravidez da amiga com amor, e o aperto que sente no estômago só pode ser traduzido como um sentimento de traição. Aquelas mulheres a abandonaram. Até mesmo Virgínia. Por que elas estão fazendo isso?

A dor de cada um dos momentos em que quis que o filho morresse finalmente surge. Há poucas horas ela havia pegado Davi no colo e o levado para tomar banho na banheira branca que tinha na suíte do seu quarto. Ele sentou na água com os brinquedinhos de borracha e ela passou a ensaboar o corpo do bebê. Os cabelos espessos encharcados, o riso cristalino quando batia o patinho na superfície da água e espirrava gotas para todo lado, a tentativa infrutífera de falar "mamãe". Antes que percebesse, ela ergueu a outra mão e colocou na cabeça do filho. Devagar, empurrou para baixo, até deixar o pequeno corpo completamente submerso. Sem entender, ele começou a bater as pernas e mexer os braços, a água começou a formar bolhas e ondas. O que ela sentia era paz. Adeus, Davi.

Soltou a mão alguns poucos segundos depois de ter colocado. Ele começou a chorar e a gritar e ela tirou o filho do banho, colocando-o enrolado na toalha dentro do berço. Sentou na poltrona até Antônio chegar, pensando em Medusa. A sacerdotisa não podia se relacionar com nenhum homem. Até Atena, deusa do seu templo, sentia ciúme da sua beleza. O deus do mar, disfarçado, invadiu o espaço sagrado e estuprou Medusa. Ela foi amaldiçoada em seguida por Atena por ter violado o seu templo. A deusa a transformou em um ser horrível, capaz de fazer todo homem que a olhasse virar pedra, porque preferiu puni-la a vingá-la, até finalmente ser morta por um homem que foi considerado herói. Medusa era inocente, foi violentada, injustiçada, transformada em monstro e morta, e Eva acredita ter passado o mesmo. Transformada em monstro pelo marido e pela maternidade obrigada, e só alcançaria a liberdade se livrando do que a violentou.

— As pessoas precisam entender — a voz forte de Virgínia toma o ambiente — que a raça nunca é invisível para uma mulher negra. Ela sempre precisa desse aposto. Mulher, negra. Quando falam de vocês em livros e músicas, vocês são só mulher, mas eu sou mulher negra.

— A gente pode planejar um grupo de conscientização sobre o assunto e convidar as irmãs negras para compartilharem as vivências — sugere Camila.

Eva levanta, decidindo ir embora. O encontro provavelmente vai até meia-noite, mas ela precisa ir embora naquele momento. Quando encontra o ar da rua, Virgínia vem correndo até ela.

— Eva! Eva, aonde você vai? São nove horas!

O Vale do Anhangabaú transborda de veículos e o Theatro Municipal de São Paulo se ergue imponente na noite paulista, um ingrediente destoante que compõe de forma inusitada a paisagem heterogênea que serve de fundo para a cena.

— Eu achei que vocês fossem minhas irmãs — Eva responde, virando o corpo para encarar a amiga.

— O que aconteceu? — A exasperação na voz de Virgínia deixa Eva ainda mais furiosa.

— Eu quis matar meu filho, e vocês vêm celebrar a maternidade? Eu achei que vocês fossem a favor do aborto!

— Eva... — Virgínia respira fundo. — Não é mais aborto depois que nasceu. Você vai falar que fez um aborto tardio em uma criança de um ano?

Eva vira as costas, ficando de frente para a construção massiva iluminada em tons amarelados. Passar pelo Theatro Municipal após os encontros era como uma visita furtiva a Paris, a fachada copiada da Ópera da capital francesa distribuindo sonhos gratuitamente a cada passo. Hoje, não parece nada disso. Parece grande demais, inconveniente, um rasgo na costura da cidade.

— Você realmente tentou matar seu filho? — Virgínia pergunta. — A gente pode te ajudar. Temos grupos de apoio, consigo te ajudar a procurar uma psiquiatra... Você precisa de ajuda, Eva.

Não se vira para olhar para Virgínia, não se despede, não demonstra ter ouvido o que a amiga falou. Só anda em direção ao metrô, lado a lado com o Theatro Municipal, de mãos dadas com os sonhos abandonados.

É finalmente engolida pelas escadas rolantes da estação República, cercada de verde, com os olhos cheios de lágrimas. Não sabe se é raiva pura ou alguma culpa que ela ainda não consegue entender que está fazendo seu corpo inteiro tremer, mas não quer se sentir desse jeito.

O que ela vai fazer?

Quando o metrô para na Paulista, desce e vai até a Consolação, para pegar a linha verde até a Chácara Klabin. Está pensando em se suicidar quando ouve o tiro.

5

MEU DEUS, COMO EU TAVA PRECISANDO SER FODIDA DESSE JEITO.

Meu corpo tava tão quente do suor e do esforço que o ar parecia gelado enquanto eu ofegava e tentava respirar fundo, fazer meu peito se mover mais devagar, mas era impossível. Virei a cabeça pro lado e percebi os olhos de Vítor presos nos meus mamilos, subindo e descendo.

— Você é maravilhosa — ele sussurrou e eu sorri.

Nada com um garoto dez anos mais novo exaltando você.

— Quer alguma coisa pra comer? — ele me perguntou. — Posso preparar algo pra gente. Ou descer e comprar alguma coisa.

Eu ri de novo. A docilidade das palavras dele e a ansiedade que ele tinha de cuidar de mim conseguiam, de verdade, chegar a tocar meu coração. Por isso que, depois dele, minhas peregrinações em busca de sexo com pessoas diferentes cessaram: Vítor era tudo de que eu precisava.

— Chama um sushi pra gente — murmurei. — Deixa que eu pago.

Quando eu tinha uns dezenove anos, li em uma dessas matérias bobas de revista masculina que uma mulher satisfeita vai fazer tudo pra agradar você. Até ele, eu considerava isso de uma bobagem tremenda — um truque publicitário que fazia você acreditar que conseguiria criar uma mulher submissa se soubesse foder bem gostoso. Aí eu conheci o Vítor.

Eu sei, eu sei. Tô parecendo apaixonada. Não é verdade. É só que sinto falta de ser comida por um cara que me vê como mulher, não como um instrumento de masturbação. E, depois de sete anos de casamento, posso falar que a realidade da minha vida sexual no matrimônio não é das mais agradáveis.

Não que Maurício seja uma pessoa ruim. Quando nos conhecemos, eu tinha quase trinta e ele quarenta, e eu estava apresentando todas as vantagens que aquele imóvel caríssimo no Brooklin Paulista traria pra empresa milionária dele. Conforme eu vendia todas as possibilidades levemente exageradas que o espaço poderia oferecer, ele fazia perguntas ambíguas que mascaravam um conteúdo inadequado.

— Eu e você podemos fazer uma negociação muito gostosa, você não acha?

Quem fala esse tipo de coisa?

Até precisei virar de costas e revirar os olhos, dividida entre me sentir enojada pela forma como ele me assediava descaradamente ou lisonjeada pela atenção que estava despertando naquele bonitão rico.

No fim da visita, precisou de um beijo e a promessa de um encontro para ele fechar o negócio. Cento e cinquenta por cento do preço original, minha comissão também. Valeu a pena.

Na semana seguinte, ele me ligou para sairmos pra jantar. Fomos ao Fasano, bebemos champanhe e ele fez questão de dar caviar na minha boca — como minha conta bancária me impedia de voltar lá sozinha, não vi tanto problema em passar vergonha na frente de pessoas que provavelmente jamais veria de novo. Eu tava usando um vestido de corte clássico da Valentino que tinha comprado num brechó havia alguns anos e mesmo assim tinha gastado metade do meu salário. Até aquele dia tinha usado umas seis vezes, só, e ele já tinha se pagado.

Na saída, o motorista particular dele me levou em casa, num apartamento de dois quartos que eu tinha encontrado no centro da cidade, e eu deixei ele correr a mão pelo tecido transparente e fino da minha calcinha no caminho. Antes que tivéssemos chance de avançar um pouco, fiz questão de me manter pudica e me despedi. Fizemos isso por um mês até que, depois de um evento de caridade em que tinha ido como sua acompanhante, decidi que tava na hora de fazer o cara gozar até perceber que me amava. Na manhã seguinte, levei café na cama e ele me convidou para viajar para Paris no fim de semana. Como se tivesse sido escrito nas estrelas.

Mas isso tinha sido anos atrás, e agora ele chegava em casa, esfregava o pau duro em mim por debaixo do cobertor, metia uma dúzia de vezes com força e gozava em três minutos. Pelo menos eu tinha meu vibrador. E alguns amigos. E o Vítor, bom, ele era o meu melhor amigo.

— Você é boa demais pra mim — ele murmurou, se aproximando, a respiração quente no meu pescoço. — Deixa eu cuidar de você hoje.

Esses garotos novos são cheios de orgulho e coisas para provar.

— Você não precisa fazer isso. A gente sabe que eu tenho muito mais dinheiro que você e isso não é problema. Ei, não fica ofendido. Você me paga na cama. — Ainda era adorável ver a cara que ele fazia quando ficava meio magoado.

— Não gosto que você tenha que fazer esse tipo de esforço. Você já pagou o quarto do hotel.

Revirei os olhos.

— Não sou eu que estou pagando, é o meu marido.

Ele ficou quieto e saiu de perto de mim. Meu marido era assunto proibido nos nossos rendez-vous.

— Onde ele tá?

— Em Pequim — falei, me aproximando dele. — Sou toda sua hoje.

Ele ergueu a mão e passou pelo meu rosto, olhando fundo nos meus olhos.

— Quando você vai ser toda minha sempre? — perguntou, e eu coloquei a mão sobre a boca dele.

— Shh, não fala isso — foi a minha resposta, para em seguida voltar a largar o corpo no colchão. Não podia me apaixonar por outra pessoa, pelo menos não enquanto Maurício estivesse vivo.

— Larga ele, fica comigo — ele pediu de novo. Dessa vez não usei a mão para calar sua boca.

— Ah, é? E daí você vai juntar os dois mil que você ganha, pagar o aluguel e a gente vai comer arroz e ovo todos os dias porque não vamos ter dinheiro pra comprar carne?

— Então você admite?

Virei os olhos pra ele.

— O que exatamente?

— Que você só tá com ele por causa do dinheiro. — Talvez. — E que, se pudesse, largava ele pra ficar comigo. — Provável. — Que você me ama.

— Não começa, Vítor — foi minha única reação em voz alta. — Essa linha de pensamento não vai levar a lugar nenhum.

Sentei na cama e tirei o lençol que tinha se enrolado na minha cintura.

— Vou tomar banho. Pede o sushi.

Esse era o lado ruim de tudo. Quando eu fodia só caras desconhecidos por uma noite, nenhum se apaixonava por mim, nenhum fazia promessas de uma outra vida, nenhum implorava meu amor. A vida podia ser menos prazerosa, mas era mais fácil.

Até na primeira vez, quando o medo de ser descoberta ainda existia, tinha sido um pouco mais fácil. Às vezes penso em como foi fácil. Será que eu fui programada pra trair? Ou a falta de amor simplesmente tornava banal essa coisa de jogar o compromisso no lixo?

Quando eu tinha perdido o amor pelo meu marido? E quando tinha perdido o respeito?

Foi logo depois do aniversário de dois anos de casada que tudo começou. Ele chegou em casa com um pacote da Cavalli. Pediu que eu vestisse e viesse logo, porque ele tinha uma surpresa ainda melhor que aquela. Vesti o longo estampado e me olhei no espelho. Eu era exatamente quem Maurício queria que eu fosse, e era por isso que ele me amava. Acrescentei um batom clarinho e fui até ele.

Ele me esperava encostado na porta, vestindo um dos seus ternos caros, e eu sabia que ele tava usando perfume Hugo Boss. Ele ainda era lindo, meio galã de cinema, um ar malicioso e confiante que intimidaria até o George Clooney. O mais impressionante, porém, era o buquê de rosas vermelhas imenso que ele carregava nos braços.

A intensidade da cor me lembrou sangue, e meu primeiro pensamento foi: *deus, como eu odeio flores, especialmente rosas.*

Ele tava querendo ser um bom marido, me fazendo surpresas no dia do nosso aniversário de casamento, querendo me deixar bonita para me exibir pela cidade. Lembrei em seguida que nunca gostei do Cavalli, e que um Yves Saint Laurent seria muito melhor.

Para com isso, Cora. Você é uma pessoa terrível.

Ele tinha reservado um quarto no último andar de um hotel com milhões de andares, e da sacada dava pra ver São Paulo inteira se estendendo, cheia de prédios, luzes e histórias. Cada vez que eu encarava a cidade como um tapete bordado, me perguntava sobre as histórias. Quantos outros casais faziam aniversário no mesmo dia e comemoravam? Quantos casais estariam brigando ou trepando agora mesmo? Cada luz acesa, cada carro passando, cada rua movimentada e um quebra-cabeça de vidas, vontades, tristezas. Abaixo de mim, a cidade inteira, carregada de segredos, se exibia.

— Uma mulher como você merece o mundo aos seus pés — foi o que ele me disse quando me levou ao espaço, que havia sido preparado especialmente para a ocasião. A sacada imensa trazia uma mesa redonda com dois lugares, pratos de porcelana e talheres de prata. O filé-mignon que ele encomendou estava realmente delicioso, e foi só depois da janta que ele me deu o verdadeiro presente: uma corrente de ouro branco com uma pedra cara pendurada.

A cada traição, eu sentia o frio da pedra contra meus seios, acompanhando os batimentos do meu coração excitado.

O primeiro cara se aproximou com um cumprimento simples, me pagou um drinque e me levou para um canto do bar quase vazio àquela hora da tarde, na parte errada da cidade. Errada porque Maurício detestava, mas tinha sido onde cresci, e eu conhecia as esquinas e pedras soltas e desvios que o bairro trazia. Mesmo assim, ninguém me reconheceria ali: meus pais tinham morrido, eu não tinha irmãos, e meus amigos de infância ficaram pra trás quando entrei no ensino médio e fui embora.

— Você é muito gostosa — ele sussurrou no meu ouvido enquanto chegava mais perto, e eu senti uma coisa estranha entre as pernas e percebi que era eu ficando molhada. Havia quanto tempo isso não acontecia?

Quando ele encostou a mão na minha cintura e deslizou pelo tecido até meu quadril, ofeguei. Ele agarrou minha bunda antes de me beijar e, quando percebi, tava dando pra ele no banheiro do bar, sentada em cima da pia, gritando. Fazia muito tempo que não gozava.

Saí dali, comprei uma pílula do dia seguinte e um vibrador. E decidi que, nas próximas vezes, seria mais cuidadosa.

Alguns meses depois, fiz todos os exames possíveis para DST. Tinha sido imprudente e ficava nervosa cada vez que sentia alguma coisa estranha no meu corpo. No fim, tive sorte, e na roleta-russa do sexo sem camisinha eu tinha sido poupada.

Só voltei a trair depois disso. Ia para bares longe do círculo das pessoas ricas e conhecia um monte de caras diferentes. A gente ia para quartos de hotel que meu marido pagava e eu conhecia as histórias de homens que nunca mais encontraria.

Teve um motoqueiro de passagem pela cidade, com mãos ásperas e uma força surpreendente, movendo meu corpo sem nenhum esforço aparente e me comendo em uma coleção maravilhosa de posições. Teve o professor de literatura que murmurava no meu ouvido coisas em russo que eu não conseguia entender. Teve um executivo casado que entrava em paranoia de tempos em tempos, mas que confessou que a ideia de fazer algo errado ajudava ele a gozar.

Pra mim era diferente, principalmente porque eu não sentia que era algo errado.

— Como você pode achar que não tem nada errado nisso? — foi a reação de Roberta, minha melhor amiga desde o ensino médio.

Dei de ombros.

— O Maurício é completamente apaixonado por você. Você tem noção de como ele ficaria arrasado se descobrisse?

Suspirei fundo. Os olhos escuros de Roberta me olhavam com atenção. *Por que você está fazendo isso? Ele não é o suficiente? Ele ama você! Ele faz tudo por você!* e mais uma série de frases feitas que poderiam ter sido tiradas de qualquer filme ecoavam ao mesmo tempo na minha cabeça, todas com a voz de Roberta.

— Você é advogada, não entenderia. Você é meio que programada pra fazer a coisa certa.

— E isso é horrível, né?

Explicar em palavras o que tava acontecendo era a parte mais difícil — e cada vez que eu tentava, para mim mesma, para tentar tirar qualquer espécie de razão desses encontros frívolos (e necessários), acabava frustrada.

— Você não sente nenhuma culpa?

Pensei em todos os presentes que Maurício me trazia a cada viagem, na forma como ele se esforçava para me tratar como rainha, nas madrugadas em que ele planejava ter um casal de filhos e comprar uma casa no campo e dois labradores. Pensei nas juras de amor repetidas sobre castiçais e sob lençóis, nas promessas de amar e cuidar que fizemos um para o outro. E pensei em seus olhos: azuis, profundos, lindos. Pensei na primeira vez que o vi chorando, quando seu pai morreu, e o azul se mesclou às lágrimas em um tom mais de lagoa do que de mar, e percebi quanta fragilidade aquele homem podia conter. E soube, de verdade, que o destruiria se ele descobrisse.

— Não.

Roberta terminou nosso almoço de forma abrupta depois disso. Ela não era amiga de Maurício, mas era amiga da honestidade e de vários outros valores que eu estava, segundo ela, abandonando, e não conseguia assistir a tudo isso de camarote (foi exatamente assim que disse). Me ligou duas semanas depois, dizendo que não queria mais conversar sobre isso, e que sentia minha falta e nós devíamos sair para tomar uns drinques.

Fomos e, fingindo que não havia nada de errado na minha vida, nossa amizade continuou intacta. Meu casamento também.

— Cora? — Era Vítor, entrando no banheiro. — Posso entrar com você?

— Depende. Você está buscando amor ou sexo?

Ele riu, abriu a porta do boxe e entrou na água comigo.

Nos conhecemos em um pub irlandês a que tinha ido com alguns amigos do meu antigo trabalho. Ele segurava a caneca de chope como um troféu e emborcou o conteúdo de uma vez só em uma exibição de masculinidade.

— Ah, as bobagens desses garotos de vinte anos — meu ex-colega de trabalho comentou por cima da balbúrdia que enchia o espaço pequeno.

A gente se esbarrou no caminho para o banheiro.

— Opa, desculpa — ele disse, me segurando pelos braços após meu desequilíbrio e encarando meu rosto. — Gostei do seu batom vermelho.

Eu ri.

— Obrigada.

— Mostra que você é uma mulher forte.

Ergui a sobrancelha. Que babaca.

— Gostei desse seu jeito debochado também — ele continuou, se aproximando. Olhava pra mim com malícia e um pouco daquela névoa que aparece quando você tá com uma quantidade razoável de álcool no sangue.

— Também mostra que eu sou uma mulher forte?

Ele riu, uma risada alta e curta, quase como um latido.

— Desculpa. Achei que você gostasse de ouvir elogio.

— Cínico, uau.

Ele não falou nada, mas também não foi embora. Acho que ele devia estar pensando que merda era essa que eu tava fazendo, que jogo eu tava jogando, e não entendeu muito bem se eu tava incentivando ou rejeitando as investidas porcas que ele fazia. Ele era bonito, os cabelos escuros caindo sobre os olhos castanhos, o maxilar bem definido e um cheiro bom de sabonete.

— Achei que você ia gostar de ouvir.

Ele não tava sendo frio, mas tinha abandonado a intenção de bancar o conquistador. Me encostei na parede de frente pra ele do corredor estreito e murmurei:

— Quem sabe mais de perto sua telepatia funciona melhor.

Ele voou para mim como um míssil, apertou meus quadris com força e me encarou por alguns segundos antes de me beijar. Adoro mãos grandes, adoro quando apertam meus quadris. Me afastei por um momento.

— Aqui não.

Tirei uma caneta da bolsa e anotei meu número de telefone no antebraço dele.

— Me liga se quiser continuar.

— Cinco minutos que eu tô falando com você e já tô me perguntando o que você tá fazendo comigo.

Sorri.

— Me liga — murmurei de novo e entrei no banheiro feminino.

Ele me ligou, graças a deus, e minha vida de orgasmos múltiplos começou.

— Você é maravilhosa — ele murmurou naquela primeira noite. Repetiu a frase milhares de vezes em madrugadas, e ela me encontrava agora, de novo, na água do chuveiro.

Por isso eu gosto de garotos novos. Essa pequena insegurança causada pela diferença de idade causa uma necessidade incrível de autoafirmação, que é alimentada cada vez que ele me faz gozar, com os dedos, com a língua, e finalmente com esse pau grosso que ele tem. Não que o pau seja o grande responsável. É a intenção.

O sol estava quase raiando quando saímos do banheiro. Não peguei nenhuma toalha e deixei a água evaporar aos poucos de cima da minha pele, o vento suave que vinha da janela que estava acabando de abrir arrepiando cada um dos meus pelos. Eu gostava do amanhecer, das pinceladas de cores que tomavam conta do céu, uma obra de arte diferente a cada manhã.

Sentamos na cama, juntos, meio molhados, e observamos quase em silêncio o espetáculo que invadia nossa janela. As pontas dos dedos deles desenhavam padrões na minha cintura e eu fechei os olhos para imaginar, por um segundo, que aquilo era a minha vida de verdade, a protagonista, e não uma história mal contada e vivida de forma coadjuvante.

— Você vai quebrar meu coração — ele murmurou baixinho.

— Você ainda pode ir embora — respondi. Ele me apertou mais forte.

Acordei algumas horas mais tarde ainda com o peso do braço dele em cima da minha barriga. A imagem que vinha da janela fazia parecer que não tinha passado um segundo sequer: o azul do céu sendo invadido por tons quentes do sol, que começava a baixar naquele horário. Eu não fazia ideia de que horas eram, só que era fim de tarde e que havíamos dormido por quase doze horas.

Senti a respiração pesada do sono profundo em que Vítor estava mergulhado e por um momento desejei poder penetrar seus sonhos, aquele ambiente que na minha construção imaginária seria imaculado e protegido, um santuário em que a realidade poderia ser alterada pela nossa vontade. Meus próprios sonhos jamais eram assim. Costumavam ser nublados pelos remédios que eu tomava havia anos para vencer a insônia horrorosa que dominava minhas noites, para substituir os terrores noturnos que me acordavam quando era capaz de fechar os olhos sem qualquer auxílio químico.

A cartela de remédios durava mais tempo quando eu dormia com Vítor, porque apagava por horas em um sono sem sonhos, fazendo as noites em claro e os pesadelos parecerem parte de outra vida. O paradoxo que consumia minhas obsessões naquele momento era que os momentos em que conseguia cair nos estágios mais plenos de sono eram justamente os momentos em que não queria perder tempo. Nosso banco de horas estava acabando rapidamente. Passei os dedos pelo rosto dele até que ele abrisse os olhos com preguiça.

— Que horas são? — ele murmurou com a voz rouca de sono. O maxilar anguloso e forte já estava coberto de uma leve sombra da barba que começava a nascer.

— Tarde.

Ele me puxou pros seus braços e passou a mão pelos cabelos. Começou a me contar uma história sobre uma notícia engraçada que havia lido no dia anterior, e eu sentia a urgência do toque e da voz dele aumentar enquanto o céu escurecia. Ficamos deitados conversando até o celular dele despertar, anunciando que não podia postergar a saída. Nem fizemos sexo outra vez, e isso era um sinal catastrófico — eu não poderia nem mentir pra mim mesma que aquilo era só sexo.

— Tudo bem você ficar aqui sozinho? — perguntei, depois de me vestir. — Ainda preciso acertar a conta.

— Pode ir — ele murmurou. — Te encontro na rua.

Não tocamos no nome do meu marido naquele momento, mas imaginei que Vítor se perguntava como Maurício podia não desconfiar de nada com as faturas do cartão lotadas de quartos de hotéis.

Enquanto esperava Vítor, encostada na parede do hotel, pensei na irresponsabilidade de sair com ele pela cidade. Era tarde demais para botar meus óculos escuros e ele chegou do meu lado antes que eu pudesse pensar em alguma alternativa. Seguimos caminhando até a estação de metrô da linha amarela e entramos.

— Eu vou sentir sua falta — ele murmurou, beijando minha testa.

— Eu também.

O metrô anunciou a próxima estação, onde ambos desceríamos. Ele, para seguir na Paulista até o prédio onde trabalhava, hoje no turno da noite. Eu, para trocar de metrô, pegar a linha verde e descer caminhando em direção aos Jardins e ao meu apartamento. Caminhar pela Haddock Lobo já era havia mais de uma década uma das minhas terapias diárias (e necessárias pra quem vive em uma arena como São Paulo). As árvores, os prédios residenciais bonitos, a rua descendo até desembocar nos templos do consumismo que eram a Lorena e a Oscar Freire, onde todos são bonitos. Quadra atrás de quadra de marcas caras e promoções imperdíveis, de restaurantes maravilhosos, de cidade limpa, cheirosa, carrões, bebês em carrinhos de rua, sorvetes artesanais e cachorros com pedigree com coleiras de cristais Swarovski, onde os óculos Gucci conversavam com as bolsas Chanel de passagem.

— Fica bem, tá? — ele me falou, quando nos despedimos, e eu ri.

— Tá tudo bem. — Ele me beijou. — Bom trabalho.

Segui caminhando pela estação, que àquela hora fazia a gente esquecer do inferno que ela se tornava durante os horários de pico. Caminhei com poucas pessoas e entrei em um vagão quase vazio. Uma dúzia de pessoas sentava pelos bancos ou se encostava pelas portas, e um casal que ria e se beijava chamou minha atenção. Ainda olhava para eles quando o tiro soou e o caos chegou.

6

SETE HORAS. O DESPERTADOR TOCOU E MARINA ABRIU OS OLHOS CANSADOS. A cortina pesada da janela não deixava a luz do sol entrar: era noite, ainda, dentro do seu quarto. Ela sentou na cama, meio desorientada, antes de desligar o despertador do celular e ver as conversas das amigas nos grupos de mensagem instantânea. Ignorou as colegas, levantou-se e se fechou no banheiro. Tinha meia hora para tomar banho e se arrumar antes de a mãe começar a bater na porta reclamando que ela demorava demais, que o banheiro era para todo mundo na família, que ela não precisava se maquiar todos os dias para ir para a escola, que ela tinha só treze anos e não precisava de tanto tempo assim para ficar pronta.

Antes de a mãe iniciar o ritual diário, ela conseguiu tomar banho, secar os cabelos e passar rímel, blush e gloss — tudo de que precisava, já que não tinha sequer uma espinha. A loteria genética havia sido gentil com Marina. Seus cabelos eram lisos e sedosos, de um tom castanho quente, que ficava avermelhado dependendo de como a luz batia; seus olhos eram amendoados e de um tom castanho-claro, amarelado, que davam um toque felino quase obsceno para uma adolescente da sua idade; e sua pele, que parecia eternamente bronzeada, mesmo no inverno, não trazia nenhuma das imperfeições típicas dessa época. Parecia que Marina havia pulado todas as etapas constrangedoras da puberdade, e aos treze anos era magra, alta, e um início de seios despontava nas blusas do uniforme, que ela customizava cortando a bainha para deixar o umbigo aparecer.

— Marina, abre essa porta! Eu e sua irmã precisamos usar o banheiro!

A garota abriu a porta, lançou um sorriso cordial e foi para o quarto se vestir. A saia do uniforme parecia saída de filmes pornográficos de colegial, e não era incomum Marina ouvir a aprovação de homens mais velhos quando saía na hora do recreio e chupava pirulitos em forma de coração na calçada da escola — a provocação era proposital desde que aprendera o efeito que passar a língua em qualquer objeto parecia ter nos homens que conhecia. Uma vez, um homem de quarenta anos disse que ela parecia uma Ana Beatriz Barros mais nova e mais Lolita e deixou com ela um cartão de agência de modelos, mas ela não entendeu as referências nem teve vontade de começar a trabalhar, quando podia passar as tardes na piscina do clube.

Fazia calor, e, como o destino do dia era um passeio escolar no Aquário de São Paulo, Marina deixou o casaco levinho dentro do guarda-roupa, tirando apenas uma botinha de cano baixo e brincos de argola.

O estacionamento da escola já estava lotado de pré-adolescentes da mesma série esperando a van que os levaria ao aquário quando Marina desceu do carro da mãe. A melhor amiga, Vicky, com ípsilon por sua própria exigência, estava encostada na grade com óculos escuros e logo tirou dois pirulitos da bolsa quando viu a colega.

— Por que você não respondeu minhas mensagens? — perguntou assim que Marina pegou um dos pirulitos.

— Ai, não começa — Marina retrucou, observando o resto dos colegas. — Cadê a Clara?

— Nem sei. Não veio. — Marina finalmente virou os olhos para Vicky, que vestia um sorriso no rosto. — Foi por isso que eu te mandei mensagem.

Vicky tirou os óculos escuros e as duas viraram o rosto para Gabriela, uma menina gordinha de cabelos loiros que estava sozinha sentada no chão. Sem falar nada uma com a outra, as duas foram em direção à menina.

— Você quer sentar com a gente na van? — Marina foi direto falando.

Gabriela levantou os olhos porcinos e abriu um sorriso embasbacado. Uma parte da sua barriga estava descoberta pela blusa do uniforme, de lycra, e balançou quando ela se levantou. Marina revirou os olhos ao perceber, seu gesto passando despercebido porque a colega apoiava as mãos no chão e mantinha a cabeça baixa enquanto fazia esforço para ficar de pé.

— Hoje? — ela perguntou, o sorriso incontido transparecendo a ansiedade.

— Hoje — Marina respondeu. — Mas tem regras.

A resposta de Gabriela foi efusiva.

— A gente te fala tudinho depois — Vicky explicou.

Um pouco antes das oito e meia, a professora, uma mulher de trinta anos, traços angulosos e sorrisos curvados, se aproximou a passos firmes, chamando a turma para se reunir próximo à van que estacionava. Os quase quarenta alunos foram em sua direção para ouvir as explicações básicas de segurança e os avisos de "Não se afastem, não vão a nenhum lugar sem falar comigo antes". Em seguida, a professora organizou a entrada ordenada dos adolescentes e fez a contagem para conferir se todo mundo estava lá. Quando o motorista arrancou, Gustavo, que se encontrava no fundo da van com a maioria dos meninos, começou a cantar e logo todo mundo fazia coro ao refrão.

Gustavo era o capitão do time de futebol do ensino fundamental, mesmo ainda não estando no nono ano, e era o único que sabia de cor todas as partes de rap do último hit radiofônico. Ele foi caminhando pela van e interagindo com os colegas e, quando entoou a parte que falava da "novinha assanhada", piscou de forma descarada para Gabriela. Ela se virou para Marina.

— Eu vi, hein — Marina falou. — Ele adora tirar BV.

— Ele sabe que eu sou?

— Gabi. Todo mundo sabe.

Gabriela soltou um risinho nervoso antes de voltar a se recostar no banco. Na volta para o seu lugar, Gustavo novamente deu uma piscada. O celular de Marina vibrou. "Isso tá maravilhoso", era o que dizia a mensagem de Vicky.

O Aquário de São Paulo, visto da rua, é uma fachada grande no bairro Ipiranga. Os alunos se amontoaram na entrada enquanto a professora conferia se todos haviam descido. Depois, foram instruídos a comprar água para se hidratar durante a primeira parte do passeio e a usar o banheiro. Marina, Vicky e Gabriela foram para a fila do banheiro feminino.

Marina sacou o celular e começou a checar as atualizações do Facebook quando ouviu a voz da professora:

— Você sabe por que a Clara não veio? — ela perguntou a Gabriela. — Fiquei surpresa, ela adora animais, sempre fala que quer ser veterinária.

— Hm — Gabriela começou a falar em um fio de voz —, ela disse que odeia essas coisas que fazem mal pros bichinhos.

Marina revirou os olhos e voltou a olhar para a tela do celular. Elas eram as últimas da fila, e, quando entraram no banheiro, Marina segurou a porta de entrada com as costas e se voltou às amigas, enquanto Vicky sentava em cima do mármore da pia.

— Gabi — ela começou. — Aliás, posso te chamar de Gabi?

A garota concordou.

— Gabi, a gente queria te convidar pra fazer parte do nosso clube de amigas para sempre.

— A gente não tinha te falado por causa da sua amiga chata — Vicky completou.

— A Clara é legal...

— Gabriela — Marina voltou a falar, a voz mais dura, os olhos amendoados encarando os de Gabriela sem piscar —, você quer ser amiga nossa ou *dela*?

Gabriela ficou em silêncio por um tempo, encarando o chão. Ela sabia que aceitar o convite de Marina e Vicky era trair a única menina da classe que tinha sido sua amiga, a única que não entoava o coro de gorda-baleia-saco-de-areia quando elas ainda estavam na segunda série, a única que a convidava para as festas de aniversário.

— A gente não tem todo o tempo do mundo. — Marina começou a bater o pé no chão.

— De vocês — ela concordou, se dirigindo em seguida para a cabine do banheiro. Antes que fechasse a porta, Vicky pulou da pia e ficou de frente para Gabriela.

— Onde você pensa que vai?

— Fazer... xixi.

— Você ainda não passou pelo ritual. — Vicky pegou a mão de Gabriela e foi até Marina. — Se você quer ser nossa amiga, tem que passar pelo ritual.

Marina abriu a bolsa e de lá tirou alguns objetos: um batom vermelho, um rímel, um pó facial, um blush e um canivete.

— Primeiro a Vicky vai deixar você bonita.

— Vocês vão me maquiar? — O sorriso no rosto de Gabriela foi tão ansioso e animado que deixou suas bochechas avermelhadas. Ela se virou para Vicky, esperando, e fechou os olhos antes mesmo que ela pedisse. Vicky pegou a maquiagem e se voltou para a nova amiga. Em alguns minutos, Gabriela abriu os olhos e se encarou no espelho. Ela estava rosada, mas não aquele rosado de que ela se envergonhava tanto, que fazia ela parecer idiota. Era um rosado no lugar que deveria ser, como se ela estivesse... Ela não sabia explicar. Confiante? Talvez fosse isso. Seus olhos tinham nova forma com o rímel, e a boca, nossa, como ela amou a boca vermelha. Ela parecia uma mulher, não uma criancinha boba.

— Meninas? — A professora bateu na porta.

Marina se afastou e deixou a professora entrar.

— Vocês estão se maquiando? — ela falou, surpresa, mas permitiu-se sorrir. — Fico feliz que estejam se entendendo, as três. E que vocês duas estejam ajudando a Gabriela. Mas estamos atrasados.

— Só mais cinco minutos, professora — Marina pediu. — Só mais cinco minutos!

A professora olhou para as alunas e suspirou. Era bom perceber que Gabriela finalmente estava sendo incluída e que o assédio moral das colegas tinha sido substituído por acolhimento. Ela concedeu.

— Tá bom, tá bom, cinco minutos! — falou, antes de fechar a porta.

— Você gostou? — Gabriela assentiu. — Agora você tem que fazer uma coisa pra gente.

— Qualquer coisa!

— É só escrever seu nome no braço — Marina explicou, entregando o canivete.

Gabriela encarou o canivete na mão e depois Marina. Ela estava séria. Não era uma brincadeira.

— Olha, a gente também fez. — Vicky ergueu um pedaço do cardigã com fios dourados e mostrou uma cicatriz em forma de V no pulso. — Não vou te mostrar tudo, mas você entendeu.

Gabriela olhou para baixo sem responder e levantou a barra da camiseta de manga comprida devagar. De repente, era como se estivesse em uma espécie de sonho. Ela sabia o que tinha que fazer, ela sabia o que iria fazer, ela sabia que aquilo era horrível, mas não tinha como parar. Ela *precisava* entrar para o clube.

Gabriela abriu o canivete, encarou o metal refletindo a luz do banheiro e encostou na pele do antebraço. Afundou, gemeu e fez o G.

— Como o seu nome é comprido e a gente gosta muito de você, pode ser só Gabi — Marina falou, encostando a mão no ombro de Gabriela, sorrindo. Não era ruim sentir aquela dor, era parte do ritual. E Marina gostava dela, dava para ver pelo jeito que ela estava olhando.

Gabriela fechou os olhos para fazer o A e, quando abriu, sentiu as lágrimas quentes e salgadas escorrerem pela bochecha.

— Você tá indo bem — Vicky incentivou. — Tá quase acabando.

Gabriela continuou escrevendo e Marina pediu para Vicky segurar a porta, então entrou na cabine do banheiro e saiu segurando um maço de papel higiênico. Quando Gabriela terminou, voltou-se para Marina com o braço sangrando e entregou o canivete com a mão tremendo.

— Muito bem. — Marina sorriu e se aproximou, encostando delicadamente o papel higiênico no braço da colega. — Você conseguiu. Isso vai ficar tão bonito — ela continuou, limpando o sangue com papel higiênico e água.

Quando os cortes superficiais pararam de sangrar e começaram a formar apenas gotículas, Marina pescou alguns band-aids da bolsa e colocou sobre a ferida. Depois, ergueu os olhos, olhou para Gabriela e sorriu de novo, levantando a mão para acariciar o cabelo da colega.

— Parabéns, você foi muito bem, você é boa — ela completou com a voz doce, abraçando-a em seguida. — E esse rímel é à prova d'água, você continua linda!

Gabriela sentiu os soluços diminuírem e de repente não tinha mais nenhuma vontade de chorar, de repente a ardência no braço era um prazer delicioso por saber que aquilo tinha valido a pena, por ver que Marina gostava dela, se importava com ela, cuidava dela. Ela sorriu também.

Marina pegou sua mão e perguntou:

— Vamos?

As duas assentiram e saíram do banheiro, encontrando a professora e o resto dos alunos. Junta, a turma inteira entrou pelo corredor escuro que abria, agora sim, o aquário. As paredes eram tomadas por vidros e dava para ver diferentes tipos de peixes dentro. Logo a turma chegou no primeiro grande aquário, que tinha uma imensa sucuri. A cobra, escura, se amontoava no canto, perto do vidro, e parecia dormir. Um dos meninos da turma chegou perto, bateu no vidro, mas nada aconteceu. A cobra continuava adormecida.

— Meu, tem duas tartarugas fazendo sexo! — Cristiano, o melhor amigo de Gustavo, gritou. — Vem cá, meu!

Gabriela ficou fascinada pelos jacarés, mas Marina foi conquistada pelas arraias, que nadavam pelo aquário grande como em uma grande coreografia de balé. As arraias eram elegantes e delicadas, indiscutivelmente belas, e algumas eram venenosas. Lindas de morrer, literalmente, Marina pensou, se parabenizando mentalmente pela sagacidade em seguida.

Na parte dos corais, a professora aproveitou para fazer a explicação usando os filmes *Procurando Nemo* e *Procurando Dory* como exemplo, e quando chegaram aos pinguins todo mundo colou os olhos no vidro.

— Vocês sabiam que os pinguins também casam? — a professora contou. — É sério, eles ficam juntos pra sempre.

O fim da primeira parte do aquário era marcado por um refeitório grande, onde os adolescentes puderam comprar comida — hambúrgueres industrializados e refrigerante — e almoçar. Depois, eles seguiriam para ver suricatos, cangurus, leões-marinhos e ursos-polares, a atração principal, que tinha vindo de um zoológico russo recentemente.

Os alunos ocuparam sete mesas de seis lugares, a do canto abrigando Marina, Vicky, Gabriela, Gustavo e mais dois de seus amigos do time de futebol. Todos eles devoraram a comida quase em silêncio.

— Você devia tomar refri zero, Gabi — Marina comentou, depois de algumas mordidas.

Gabriela levantou os olhos da comida e concordou, envergonhada.

— Depois eu vou te contar um segredo — Marina completou, piscando o olho para a colega.

— O que vocês vão fazer quando a gente voltar pra escola? — Gustavo perguntou. — O Vitinho aqui trouxe um monte de vodca importada quando voltou da Disney e tá tudo nos esperando na casa dele.

— A gente pode ir — Vicky concordou.

— Vamos? — Gustavo perguntou, pousando a mão delicadamente em cima da de Gabriela.

— Eu preciso pedir pros meus pais — ela explicou.

— Amiga, diz que vai dormir na minha casa. Ou na da Clara — Marina ofereceu. — O que eles não sabem não vai fazer diferença.

Ao terminar a refeição, Marina se levantou para ir ao banheiro e convidou Gabriela para ir junto. O banheiro estava vazio, já que a maioria das pessoas ainda estava almoçando — e, de qualquer jeito, como era dia de semana, o aquário não estava muito cheio.

— Espera aqui — Marina instruiu quando entrou no cubículo sozinha.

Ela encarou o vaso sanitário com um pouco de nojo, trancou a respiração e se aproximou. O dedo do meio era sempre o melhor, mas ela sabia que se inspirasse o fedor do banheiro público ia sentir uma repulsa tão grande que ia ajudar. Depois de tanto tempo, já tinha se acostumado, e logo ela deu a descarga no conteúdo que antes estava no seu estômago. Quando saiu, foi para a pia, lavou a boca e se virou para Gabriela.

— Você tá bem?

— Tá tudo bem.

— Você tava vomitando.

Marina sorriu.

— É de propósito. É assim que eu fico magra desse jeito — completou, levantando a blusa do uniforme e mostrando a barriga chapada e bronzeada. — Esse é o meu segredo, e eu vou te ensinar.

Gabriela entrou no cubículo e obedeceu às ordens de Marina de botar o dedo na garganta e forçar o vômito, mas, cada vez que o reflexo ficava forte, ela tirava o dedo com velocidade e começava a tossir.

— Assim você não vai conseguir! — Marina exclamou. — Assim você vai ser gorda pra sempre!

— Vamos voltar, por favor, depois a gente tenta mais.

Marina bufou, irritada, e foi lavar as mãos de novo. Respirou fundo algumas vezes, encarou o espelho e viu através dele quando Gabriela se levantou e foi até a pia também.

— Tudo bem — Marina murmurou. — Se continuar tentando, você vai conseguir.

Os tubarões foram a primeira coisa que os alunos viram quando seguiram o passeio, o que deixou os meninos alvoroçados. Todos queriam provar quão ousados eles eram, o que, a professora observou enquanto insistia que eles continuassem andando, era muito fácil quando estavam protegidos por uma grossa parede de vidro.

Os suricatos corriam e brincavam em um amplo espaço de areia com brinquedos próprios para os bichos, que ficavam curiosos com a atenção. Um deles chegou perto, enquanto outro ia correndo para fazer xixi do lado do vidro e em seguida voltava para a companhia do resto do grupo. Mas os ânimos realmente se exaltaram quando chegaram ao espaço dos cangurus.

— Professora, eles não tão pulando — Gustavo reclamou, de braços cruzados.

— Eles estão descansando, ó — a professora explicou, apontando para os animais deitados na areia.

— Assim não tem graça nenhuma — o aluno resmungou, virando de costas e indo adiante pelo caminho do aquário.

Qualquer frustração foi abandonada quando as paredes passaram a separá-los dos ursos-polares. O menor, a professora começou a explicar, era a fêmea. O macho, de maior porte, encarava a água sentado em cima de uma pedra. Em seguida, a professora falou que a equipe do aquário mede os hormônios dos animais para ter certeza de que eles não estão estressados, mas o discurso foi abafado por um "uau" coletivo quando o urso macho mergulhou na água e começou a nadar. O andar de baixo mostrava a parte submersa do ambiente dos ursos, e eles podiam ver aquele animal imenso se tornando gracioso pelo movimento na água.

Depois dos ursos-polares, tinha pouca coisa para olhar: ainda bem, porque todo mundo ainda estava tão deslumbrado com os ursos que não conseguiria prestar a devida atenção a qualquer outro animal. A próxima atração do dia seria o apartamento de Vitinho, em um prédio velho no centro da cidade próximo à famosa esquina entre a Ipiranga e a São João.

Às seis horas da tarde, a região ainda estava lotada de pessoas andando de um lado para o outro, vendedores ambulantes anunciando a melhor oferta do mundo daquele dia, mendigos jogados no chão sujo e restos de comida que pombos perseguiam. A cacofonia das vozes e das buzinas das centenas de carros entupindo as ruas já não passava de um barulho suave de fundo, tão acostumados estavam com os sons da cidade.

Eles subiram direto para o terraço, menos Gustavo e Vitinho, que passaram antes em casa para pegar algumas latas de cerveja e duas garrafas de vodca que deveria ser tomada no bico, uma medida estratégica depois da multa por poluição de espaço público que os pais de Vitinho receberam em casa após a última noitada.

"Terraço", na verdade, era uma gentileza: o espaço pequeno sem piscina, balanços ou qualquer atrativo era onde a galera mais jovem gostava de ir com os amigos. Com o tempo, ali foram colocadas cadeiras e mesas de plástico, além de uma iluminação um pouco melhor que o céu.

Quando o álcool chegou nas mãos do anfitrião, a dúzia de pré-adolescentes se aproximou das mesas. A garrafa de vodca foi de mão em mão. Marina não gostava muito de vodca — era amarga e arranhava a garganta demais, champanhe era muito melhor —, mas bebeu antes de passar para Gabriela.

Observou a garota encarar a garrafa e estava prestes a fazer algum comentário de incentivo quando Gabriela encostou os lábios no gargalo. A expressão que ela fez deixou claro que aquela era a primeira vez que bebia vodca e que não tinha sido uma boa experiência, mas ela soltou uma risada em seguida para disfarçar. Marina observou o comportamento da colega com um pouco de surpresa, apreciando o fingimento para se enturmar.

— Cê tá muito gostosa hoje, Marina. — Felipe, o querido das mães pelos cachos loiros, se aproximou.

Marina olhou para ele de esguelha, como se decidisse se valia a pena responder. Então sorriu.

— Só hoje? — falou, afinando a voz, porque sabia que eles gostavam quando ela era manhosa.

— Sempre — ele respondeu, botando a mão na cintura dela.

— Agora não. Hoje eu tô numa missão.

— Ah, Marina — ele começou a reclamar. Ela não falou nada, apenas virou o rosto em um ângulo diagonal e estreitou os olhos, como se desafiando o garoto a insistir. Ele entendeu o recado.

— Ai, não aguento mais — ela disse em seguida para Gabriela e Vicky, que já tava havia alguns minutos brincando sozinha com a vodca enquanto os garotos dividiam a cerveja. — Eles não saem de cima.

Marina percebeu que Gabriela estava olhando para ela com... Que expressão era aquela? Parecia quase veneração.

— Gabi, vamos descer? — convidou. — Vicky, você nos espera aqui?

— Você tá levando o celular? — Vicky perguntou, e a amiga assentiu.

Enquanto desciam para o apartamento, Marina sabia que Vicky avisaria Gustavo para ir também. O apartamento de Vitinho era decorado em tons de outono: marrom, laranja, amarelo-queimado. Era um prédio antigo, e as peças eram mais amplas que as dos prédios modernos, o que Gabriela apreciou. Elas atravessaram a sala e chegaram ao banheiro, com azulejos amarelinhos. Marina fechou a porta e se virou para Gabriela.

— Você já treinou beijar de língua, né?

— Como assim?

— Tipo — Marina se virou para o espelho e continuou falando enquanto observava o próprio rosto com atenção — com uma laranja ou um copo de gelo.

— Não — Gabriela respondeu. — Eu deveria?

— Ah, não se preocupa, a gente vai te ajudar a treinar.

Batidas na porta soaram e Marina convidou Gustavo a entrar. Ele trancou a porta com chave e ficou de pé encostado na madeira.

— Oi, Gabi — ele disse. — Tudo bem?

Marina deu um toque de leve nos ombros da garota, que se aproximou devagar. Lá fora, um alarme de carro disparou. Os sons abafados de música do apartamento ao lado eram como um murmúrio.

— Pode sentar no vaso. E fecha os olhos — Marina instruiu. — Primeiro a gente vai treinar.

Gustavo começou a desabotoar a calça devagar, tentando ser silencioso, e se aproximou da garota. Ele tocou nos cabelos dela, dizendo para manter os olhos fechados. Quando ele forçou o pau duro para dentro da boca da garota, ela arregalou os olhos e tentou se desvencilhar, mas ele já tinha a cabeça dela segura com as mãos.

Marina conseguiu ver no rosto dela o choque que sentiu, mas foi o medo, o terror puro que transparecia naqueles olhos esbugalhados e porcinos que a fez rir.

— Não se preocupa, isso é só treinamento — ela disse, por cima dos gemidos de Gustavo e dos sons abafados de choro da garota. — E de qualquer jeito a sua boca não vai ser nada virgem depois disso — completou, erguendo o celular e clicando na câmera.

— Não mostra meu rosto — Gustavo instruiu antes que ela começasse a gravação.

Quando ele gozou na boca de Gabriela, ela engasgou, tossindo e engolindo tudo, os olhos confusos, chorando sem parar.

— Ei, tá na hora de você ir embora — ele falou.

Gabriela permaneceu imóvel, os olhos inchados, vermelhos, a boca machucada pela fricção dos lábios e dos dentes. O corpo todo tremia.

— Se mexe, sai daí! — Nada. — Puta merda, Marina, o que a gente vai fazer com ela?

— Eu já fiz a minha parte. Você não consegue lidar com uma garotinha?

— Olha o tamanho dela. Você acha que eu consigo carregar essa gorda?

— Chama algum amigo seu, deixa ela na rua, sei lá. — Ela abriu a porta do banheiro para sair. — Eu vou embora agora. Foi divertido.

— Tá bom, e não manda isso antes de me mostrar.

— Pode deixar.

Ela desceu direto pelo elevador e encontrou Vicky na recepção, esperando por ela, para que pegassem o metrô juntas e fossem para sua casa. Vicky estava ansiosa para ver o vídeo e saber dos detalhes, e aproveitou para reclamar que nunca podia fazer parte das brincadeiras. Marina respirou fundo antes de explicar que não cabia tanta gente e as duas sabiam que era melhor que ela gravasse, por causa daquele curso de fotografia que tinha feito uma vez. Era mentira, claro, mais uma invenção inofensiva de Marina.

Eram poucas quadras até a estação do metrô, e elas caminharam pela paisagem urbana e noturna de uma parte decadente da cidade.

Quando um velho fez um comentário indecente para Marina, ela mostrou o dedo do meio para ele e riu com a amiga. Dentro dos vagões do metrô, elas viram o vídeo mais vezes com o volume mudo, comentando em seguida sobre a reação das pessoas em volta caso soubessem o que assistiam.

Foi só depois de entrarem na linha verde que elas conseguiram desviar a atenção do que tinha acontecido. O barulho de um tiro, uma pessoa morta e o caos que se instaurou foram os responsáveis. Meia hora depois, Gabriela já tinha sido esquecida.

7

— IVANA, VOCÊ ESTÁ PRONTA?

Os dedos magros e nodosos de mamãe bateram na madeira da porta, criando um barulho seco e áspero, como se a secura da sua pele conseguisse definir o timbre do som. O vestido preto que mamãe me emprestara não cabia no meu corpo atarracado e largo, tão diferente do de mamãe, todo esguio e elegante. O espelho acima da penteadeira refletia as dobras do meu corpo enquanto eu abria as portas do armário e buscava alguma peça de roupa preta que coubesse em mim, mas eu tentara não usar preto a vida toda e agora que precisava meu guarda-roupa me deixava na mão. Os cabides prateados seguravam camisas azuis e calças de linho, e de preto havia só um casaco longo de inverno.

— Mamãe, o vestido não coube. Não vou poder usar preto.

Mamãe abriu a porta devagar e desviou os olhos quando percebeu que eu estava nua. Ela nunca gostava de me encarar assim, como se meu corpo ofendesse as criações belas que ela acreditava que viriam dela. Caminhou até o armário e também passou as mãos pelos tecidos, buscando a escuridão no meu guarda-roupa de tons terrosos e frios.

— Vou ver se encontro outra coisa — ela falou em voz baixa, saindo do quarto e voltando em seguida com uma calça de algodão e uma camisa de botões brancos.

A bainha da calça cobria meus pés e me faria tropeçar se eu não dobrasse e prendesse o tecido com joaninhas, e as mangas da camisa cobriam minhas mãos completamente. Dobrei-as também e me encarei no espelho. Meus cabelos pretos e espetados, meus olhos azuis, provavelmente a única coisa de mamãe em mim, e meu corpo coberto por uns amontoados de tecido que me deixavam parecendo um bebê ainda meio disforme envolto em panos. Seria com essas roupas que iria honrar minha linda irmã morta, Nádia, linda e louca.

O caixão aberto no meio da igreja era branco, sua cor favorita, assim como o vestido longo que cobria sua pele alva. Os cabelos loiros, que não haviam tido tempo de embranquecer, caíam lisos e desembaraçados pelos ombros, as mãos cruzadas no peito. Até morta e descolorida ela era bela. A defunta mais linda do mundo.

O padre me indicou o lugar onde eu deveria falar e encarei os poucos rostos, da família pequena, vizinhos e alguns amigos próximos, tentando me acostumar à atmosfera sepulcral de uma igreja católica. Nós não costumávamos visitar igrejas, e os vitrais falsos com cenas de redenção e tentação, os bancos de madeira escura e a luz confusa e colorida que entrava faziam o lugar combinar bastante com a morte. Um Jesus sofrido e crucificado atrás da minha cabeça teria concordado.

Abri a Bíblia a minha frente, com a passagem que mamãe tinha marcado para que eu lesse. Nádia gostava dessa passagem, ela dissera, e foi só lendo em voz alta que eu entendi. Até a Bíblia de Nádia era branca, imaculada, sem nenhuma mancha, dobra ou arranhão sequer. Mamãe comprou a Bíblia porque havia desistido de psiquiatras e pessoas que pudessem ajudar Nádia — pediu pra Deus. Aquele Deus em que nunca acreditou, em seus longos anos ateus na União Soviética.

Mesmo com Deus, mamãe não poderia estar mais longe do seu país do que agora. O catolicismo mal existe na Rússia, ela me falou hoje mesmo, antes de a gente vir aqui, porque a religião cristã de lá se chama Igreja Ortodoxa. Mamãe queria uma igreja que pelo menos tivesse sinos que fossem tocados, uma homenagem pequena, boba, mas que lembrasse a origem de Nádia. Não conseguiu. Nádia nasceu russa, mas morreu brasileira.

Nádia tinha sido a primeira, a primogênita, que nasceu e viveu por anos lá longe, quando papai ainda era vivo, antes de a gente vir pra cá. Eu era um bebê no colo da mamãe. Mas Nádia nunca contava histórias daquela cidade cujo nome só descobri sozinha, pesquisando na biblioteca da escola: Smolensk. Smo... Smolensk, tive que repetir algumas vezes, tentando pronunciar do jeito que mamãe teria falado. A cidade dos diamantes, era assim que mamãe chamava, ela queria que eu tivesse boas lembranças e não pensasse nas privações que passamos ou no papai morrendo. Nádia não queria que eu tivesse nenhuma lembrança. Nunca falava no papai, e às vezes ria de mim quando eu pronunciava o nome dele sem traquejo algum na língua estranha que eu nunca tinha aprendido a falar, porque tinha vindo pra cá com um ano só. Nádia já tinha oito. Ela só falava do frio, de como era frio, como a pontinha dos dedos das mãos e dos pés ficava dormente e depois parecia que várias agulhinhas entravam e saíam quando a gente voltava a sentir. Ela falava da neve branca, branquinha, gelada, e de respirar e ver o ar se tornar branco também.

Talvez ela fosse fria também, até os ossos, aquele sangue russo correndo, e o meu já era brasileiro, porque cresci e vivi sempre aqui, e só mamãe sobrava de ligação minha com aquele país tão longe. Quando Nádia ficou louca, conversava sozinha em russo, repetindo uma série de fonemas fortes que eu não entendia, e que faziam ela parecer ainda mais louca aos meus olhos. De vez em quando ela lembrava como falar português.

Quando a gente chegou aqui, e isso mamãe me contou, porque eu não lembro de nada, eu tinha um ano, mas quando a gente chegou aqui a Nádia não conseguia falar português direito nem entender as coisas escritas, todo o alfabeto diferente. Demorou um pouco pra ela aprender e por isso ela ficou atrasada na escola e as crianças ficavam chamando ela de burra e ela vinha pra casa chorando, e falava:

— *Mamuschka* — sempre *mamuschka* —, eu não quero mais ir pra escola.

Nádia nunca tinha sido muito forte, os bracinhos e perninhas finos e delicados como suas emoções. Ela sentava no chão e deitava a cabeça no colo de mamãe, que alisava os cabelos loiros quase brancos de Nádia enquanto cantava músicas soviéticas de quando elas moravam lá, e minha irmã ronronava como uma gata.

Ela entrou no ensino médio já com dezesseis anos, e quando eles foram estudar Dostoiévski a professora falou que era em homenagem a ela, porque ele era russo, e porque a personagem principal de *Noites brancas* tinha seu nome. Ninguém sabia falar o seu nome direito e todos os professores liam hesitantes Nadezhda na hora da chamada, e ela sempre implorava por "Nádia" porque não aguentaria ter mais um motivo para debocharem dela. E Nastenka, que não tinha nada a ver com seu nome, era horrível, desprezível, e ela leu a história inteira com ódio.

Isso foi antes de ela ficar louca, claro, quando ela ainda conseguia ler e escrever coisas que fizessem sentido. Naquele ano mesmo isso iria mudar.

— "Finalmente, irmãos" — comecei a falar com a voz firme que uma citação da Bíblia exige —, "tudo o que for verdadeiro, tudo o que for nobre, tudo o que for correto, tudo o que for puro, tudo o que for amável, tudo o que for de boa fama, se houver algo de excelente ou digno de louvor, pensem nessas coisas" — terminei a citação, indicando em seguida o versículo, como me ensinaram. — Filipenses 4,8. É isso que Nádia gostaria que nós levássemos sempre conosco.

Depois que Nádia ficou louca, ela só queria saber de branco e gostava de ficar sentada na cadeira de balanço do lado da janela do quarto do segundo andar, olhando pra rua por tardes inteiras, às vezes resmungando pra si mesma, outras amassando pedacinhos do tecido de suas roupas, muitas chorando. Quando anoitecia, ela descia as escadas e sentava na sala, perto da luz, em silêncio. Não gostava de falar com ninguém de fora da família e tinha chorado, cuspido e batido no médico que mamãe chamou uma vez pra ver o que ela tinha, gritando.

Tinha jogado todas as roupas fora, menos um vestido branco. Mamãe costurou outro pra ela naquele inverno, e ela se enrolava em lençóis e cobertores quando sentia frio, amontoando tecidos por cima do vestido e das meias. Quando eu a levava pra passear, íamos até o café na esquina de casa e ela comia iogurte lambuzando o rosto inteiro, e mesmo assim homens se aproximavam pra dizer como ela era linda e chamá-la pra sair, perguntando se eu era empregada ou até quem sabe mãe.

Eu era a irmã mais nova.

Uma a uma, as pessoas se aproximaram do caixão aberto para prestar respeito. Encaravam o rosto alvo e delicado, os olhos fechados com cílios longos e claros, a boca quase branca também. Faziam o sinal da cruz, murmuravam algo em voz baixa para a morta e iam embora. Eu e mamãe ficamos paradas ao lado, solenes, observando as reações de todo mundo. Não houve recepção depois do velório, mamãe queria ficar conversando com o padre e depois disso provavelmente voltaria para casa para chorar pelo resto da semana por perder a filha. Assim, no singular, porque eu sabia que Nádia era a filha dela, e eu era só um acaso do destino.

Um dia, logo depois de Nádia ficar louca, mamãe disse que preferia que tivesse sido eu. Eu entendia. Nádia era da Rússia, e eu só do Brasil. Mamãe sentava com ela e contava histórias da antiga Rússia, com sua neve e seus mercados e seu frio, e eu ficava sozinha no quarto amontoada entre revistas em quadrinhos que criavam um mundo ao qual eu pudesse pertencer de verdade.

Foi por causa dessa obsessão que começou com Turma da Mônica e Tio Patinhas e evoluiu para Batman que eu conheci minha melhor amiga. Nina era toda brasileira e quase nunca ia lá em casa, porque mamãe não gostava de gente de pele escura — já bastava eu com os cabelos pretos para macular a pureza alva da nossa casa. Carina dizia que meu nome, Ivana, era de super-heroína, e explicava que Hera Venenosa em inglês era Poison Ivy, quase Ivana, e tinha poderes impressionantes. "A cor dela também não se encaixa", ela continuava, fortalecendo minha ligação com nosso universo próprio.

Quando Nádia ficou louca, comecei a chamá-la de Arlequina.

Linda e louca e loura.

Era eu quem devia salvá-la. Fui eu que comprei os remédios, entreguei nas mãos de Nádia e contei que eles iriam levá-la de volta para a Rússia, sua amada Rússia, pra onde ela tanto queria voltar. E ela tomou um a um, devagar, como se fossem balas. Eu segurei a mão de Nádia enquanto ela tomava o vidro inteiro, e ainda fiquei quando a parte feia começou. Era tão estranho — dessa vez, ela é que era a feia.

Que momento glorioso.

É claro que ela iria se matar, eles diziam, depois de tudo que passara. Não tinha outra saída. Eu pessoalmente não tenho certeza sobre até que ponto Nádia ainda sofria, tão perdida no próprio mundo ela ficava. Só às vezes eu sabia que ela se encontrava com o terror, e caminhavam juntos, de mãos dadas, entre os corredores tomados pelos ecos de seus gritos.

Nádia chegou pela segunda vez coberta de sangue em nossa casa. Dessa vez, era do rosto que as gotas grossas e escuras pingavam. "Olha, mamãe", ela dizia, rindo histericamente, "olha, mamãe, agora ninguém vai me pegar", e ria, passando os dedos no corte fundo na bochecha direita. Hoje a cicatriz marcava o seu rosto de forma grosseira, sem combinar com o conjunto perfeito e frágil que era a minha irmã. A cicatriz revelava força, resiliência, vermelho — outras cores além de branco. E Nádia ria sem parar no dia em que fez o corte em si mesma. "Agora também sou feia, mamãe", balbuciava no meio do êxtase maníaco, "agora nada de ruim vai acontecer comigo."

Na primeira vez que apareceu coberta de sangue, Nádia tinha sumido por quatro dias. Era uma sexta-feira, dia da peça de teatro na escola, ela estava orgulhosa por seu papel. O longo vestido de linho branco, com o tecido duro e áspero se movendo de forma estranha quando ela caminhava, como se tivesse um corpo próprio e não seguisse os movimentos de quem o vestia. Foram todos com as roupas do teatro para a casa do protagonista da peça, um garoto mais velho de olhos verdes. Eu soube somente mais tarde, mas ele gostava de fumar maconha no intervalo da escola e ninguém acreditou que esse menino doce estaria envolvido em algo tão horrível.

Nádia não voltou da casa dele. De lá, saiu caminhando pelas ruas, dormindo no chão de terra, tentando achar o caminho de casa. Ela e o terror, caminhando de mãos dadas pela primeira vez. Quando ela chegou, o vestido corpóreo parecia ter sido pintado em tons de vermelho, a saia caminhando sozinha sobre o corpo de Nádia, exibindo as novas nuances. Fora a própria Nádia que a pintara, com o sangue que vertia de seu útero.

O útero ficara dilacerado. Ninguém entendeu direito como. Foram quatro garotos, o dono da casa e três amigos, que seguraram minha irmã com força e a estupraram, rindo entre eles naquela cumplicidade masculina maravilhosa que surge quando se violenta uma mulher. Mesmo assim, ninguém entendeu direito como a violência escalou a ponto de perfurar seu útero. Quando ficaram sabendo da história, havia rumores de que haviam estuprado Nádia com o pé, brincando de inserir objetos diferentes dentro dela.

Os médicos então abriram a barriga de Nádia e nessa cesariana forçada ela pariu o útero inteiro, matando assim a própria futura maternidade. Não que ela fosse ser mãe algum dia. Tenho certeza que não. Ela mesma parecia uma criança depois de voltar pra casa, murmurando canções em russo e contando a si mesma histórias de contos de fadas.

A Arlequina, perfeita, feita louca por toda a violência dos homens.

Acho que comprei os comprimidos por ternura. Não aguentava encarar minha irmãzinha chegando em casa envolta em sangue, o rosto sangrando, alegando se mutilar para ficar feia como eu, e então salva da violência dos homens. Ah, como ela era boba. Era louca, eu nem sequer podia culpá-la do absurdo que ela acometia sobre mim em sua ilusão de que eu era isenta das regras do mundo.

É claro que não era.

Como queria ela ser tão linda e esperar passar impune?, as pessoas perguntavam em sussurros no funeral. É claro que isso iria acontecer, como foi que a mãe não percebeu, continuavam murmurando entre si, usando a beleza de Nádia como justificativa pra sua loucura.

Nunca os homens. Ninguém nunca falava nos homens.

Quando abandonei as pessoas de preto fingindo pêsames, o sol estava alto, brilhando majestoso no meio da tarde. Não que Nádia não tivesse merecido, ou que tudo de certa forma não parecesse uma orquestração celestial para endireitar os planetas e as sortes de todas as pessoas no mundo — porque parecia. Parecia a cada vez que o espelho deixava explícitas as nossas diferenças, que eram, na verdade, muito mais invisíveis do que o reflexo conseguia denotar.

Mas eu tinha matado minha irmã por piedade. Isso sem dúvida.

A Catedral da Sé era mais ou menos como eu imaginava a Rússia quando criança, e a lembrança sempre vinha forte quando eu encarava a imensa construção gótica.

— Não seja boba, Ivana — mamãe tinha me respondido quando perguntei se era assim que seu país era, anos e anos atrás. — A Rússia não tem nada a ver com isso.

Mas não era para a Sé que eu me dirigia. A Liberdade, com suas cores e pontes sobre avenidas, onde a correnteza de carros seguia inexorável pelo rio de asfalto, estava lotada. O vermelho intenso, os inúmeros restaurantes japoneses, a cacofonia de línguas orientais e as lojas de decoração deixavam claro qual tinha sido a colonização do bairro. Era um dos meus lugares favoritos da cidade — a sujeira das ruas, a comida estranha, os camelôs na beira do caminho vendendo barato um milhão de coisas inúteis e óculos falsificados. Tudo ali parecia comigo.

O sebo empoeirado de mais de um andar que eu frequentava tinha sido aberto quando eu tinha apenas cinco anos. Dez anos depois, eu visitava os corredores apertados e as estantes tomadas de livros quase toda semana — e, quando não tinha dinheiro, lia livros inteiros, um pouco por vez, sentada no chão. Me afogar nas centenas de milhares de livros, sem necessidade de hipérbole, tinha se tornado minha religião.

Nos últimos anos, quando ficava até tarde, conseguia ver centenas de jovens bem-vestidos infestarem a rua, à espera, eu descobri, de shows de bandas estrangeiras que aconteciam em uma casa ali do lado. Naquele fim de tarde, a ruela estreita e meio torta estava com as calçadas timidamente ocupadas, e o sebo estava quase vazio. Sagrado. Meu.

O fim catastrófico e maravilhoso de *As virgens suicidas* ainda ecoava fraco na minha cabeça, e era hora de buscar algo novo que me escravizasse ao seu lado. Bons livros são assim: nos tornam escravos.

A vez de morrer, de uma autora brasileira, estava em destaque na entrada, um mar feroz pulando da capa. Peguei e levei até o fundo, abrindo para ler as primeiras páginas. Eu sei, essa coisa de morte é muito atraente. Não conseguia fugir.

O livro era curto, com descrições interessantes e uma narrativa lenta, abafada, como um dia preguiçoso de verão, coberto pelo mormaço. Já tinha separado o dinheiro para levá-lo para casa quando me dirigi ao caixa para pagar. E ali em cima, jogado como se por acaso, um pedacinho do título dourado refletindo a luz das lâmpadas da rua, que começavam a se acender conforme a escuridão ia cobrindo a sujeira, estava um dicionário de português-russo.

O vermelho-sangue colorindo a capa, o detalhe dourado, a capa dura e as páginas amareladas me fizeram olhar qual seria o preço. Estava baratinho, "Ninguém quer saber de russo", o vendedor me disse quando perguntei o motivo. Paguei em dinheiro, uma nota de vinte era o suficiente para cobrir os dois, e saí de lá.

A Catedral da Sé tem um ar pesado por dentro, com pilares grossos e opressores a cada poucos metros, e foi só lá que parei de andar. O silêncio, um detalhe precioso no meio de um bairro caótico e barulhento, faria do lugar um santuário mesmo que já não fosse uma igreja. Pelos bancos de madeira escura, algumas pessoas se ajoelhavam ou rezavam sentadas, quietas, pedidos e agradecimentos para um deus que nunca ouvia.

Fui até um dos primeiros bancos antes de sentar, e só então abri o dicionário. A apresentação inicial, feita por alguém com óbvias tendências comunistas, exaltava a maravilha da Rússia soviética, e eu percebi pela data do copyright que o livro tinha sido publicado ainda no meio do regime, logo após a Segunda Guerra Mundial. O exército elogiado pela vitória em Stalingrado, a metade radical na busca pela igualdade na Guerra Fria e algumas frases de Lênin perpassavam a narrativa efusiva que explicava por que o russo era uma língua tão bela e forte ao mesmo tempo.

Em seguida, uma dezena de páginas elaborava expressões e palavras de uso comum, para ajudar o turista desavisado, que não sabia que a maior parte das placas informativas era em cirílico. Olá, bom dia, com licença, me desculpe, obrigada — aqueles vocábulos mais básicos, sem os quais o viajante corre o risco de ser maltratado em qualquer lugar do mundo, tomavam conta da primeira página dessa seção.

— *Spassiba* — falei em voz alta, seguindo a indicação confusa da língua fonética. Do meu lado, uma mulher de cabelos tingidos de preto e raiz que denunciava os vários fios brancos que cobriam seu couro cabeludo me lançou um olhar repreensor.

Passei pelas páginas amareladas com uma curiosidade de certa forma nova. Eu sempre quisera aprender russo, um tesouro na nossa casa, uma das várias coisas que me diferenciavam de Nádia e me afastavam de mamãe. Mas nunca tinha pegado em um dicionário. Acho que era uma dessas ideias de direito divino, como se o russo devesse sair da minha boca como qualquer som genuinamente humano. O russo deveria ser tão parte de mim como qualquer grunhido primitivo.

Foi minha irmã morta que me convidou a aprender.

— *Umerchi sistrei.*

Quando minha voz ecoou nas paredes, ainda mais alta dessa vez, levantei sob os olhares reprovadores e saí caminhando a passos firmes (era curioso isso, meu andar nunca tinha sido dos mais firmes). Irmã morta. Agora eu já sabia falar isso em russo também.

Não, eu não me arrependeria, percebi naquele instante, quando não havia mais sol e as luzes artificiais cobriam a praça inundada de gente com pressa, em direção ao mesmo metrô a que eu iria. Não me arrependeria. Nádia estava melhor assim, e, mais importante que isso, eu estava melhor assim.

Minha irmã louca tinha que ir embora para que a gente pudesse respirar de novo. Mamãe não concordaria, eu sei, mas eu sabia que estava certa, assim como também sabia que mamãe precisaria chorar por treze dias sem parar antes de começar a aceitar que sua amada filha, sua primogênita, tinha ido embora pela segunda vez. A primeira talvez tivesse sido mais traumática, quando a alma se fora, como diriam os religiosos que agora há pouco me expulsaram com suas expressões incisivas da igreja, mas pelo menos mamãe tinha um corpo fino e magro para abraçar quando a saudade era demais. Mas não se pode abraçar memórias.

Entrei no metrô ainda um pouco cheio — a linha azul sempre demorava mais pra esvaziar — e desci na estação Paraíso para pegar a linha verde. Engraçado como as estações de São Paulo são chamadas. A minha favorita quando criança era a estação Brigadeiro, porque é claro que eu não entendia como funcionavam patentes da aeronáutica e na minha cabeça seria um lugar cheio desse doce delicioso e típico do meu país. Parece que o nome tinha sido dado em homenagem a um brigadeiro que tinha se candidatado à presidência, mas aí eu não tinha mais interesse.

E agora estava eu aqui, no Paraíso, recém-saída da Liberdade. E, de lá, parei na Consolação.

O metrô de São Paulo é todo poesia.

Anita estava me esperando na catraca, onde havíamos combinado. Recém-saída do trabalho, os cabelos levemente oleosos presos num coque, ela me cumprimentou preocupada. Eu iria dormir na casa dela porque mamãe pedira e eu também não suportaria os soluços durante a noite inteira. Iríamos juntas até a Chácara Klabin, onde seu carro estaria estacionado e nos levaria até sua casa, um pouco distante demais do metrô para ir a pé — especialmente a essa hora da noite. Ninguém sabe que tipo de pessoa — que tipo de homem — poderia estar na rua na mesma hora que você. Minha irmã era a prova viva. Opa.

Anita perguntou como eu estava e fomos sentadas, uma do lado da outra, conversando sobre morte. Por mais ateia que fosse, mamãe era muito supersticiosa e costumava pedir que parássemos de falar de coisas ruins. "Vai atrair", ela dizia, um pouco rabugenta, e se distanciava. Quando o tiro soou e o corpo caiu sem vida no chão emborrachado do metrô, só pude pensar que tinha sido eu que a havia conjurado. Oi, morte.

8

— **SNOWDEN.**

— Snowden, sério?

— Ué, por que não?

— Ah, sei lá. Achei que cê ia falar o Che.

— Ah, se cê perguntasse quem eu gostaria de ser, eu falaria Che, mas não foi isso que cê perguntou.

— Mesmo assim. Fico surpresa que cê diga que acha o Snowden o cara mais corajoso dos últimos tempos.

— É que cê precisa entender que ele foi contra a nação mais poderosa do mundo e revelou abusos institucionais que eram guardados a sete chaves.

— Você realmente gosta dele.

É claro que gostava. A vida moderna tinha sido dividida entre antes de Snowden e depois de Snowden, que, como um Cristo atual, buscava alterar o cenário político internacional e criar um mundo mais justo. Ele poderia explicar isso para qualquer pessoa que perguntasse.

Eles estavam já havia duas horas sentados em um dos vários restaurantes pequenos com mesinha na rua, conversando, bebendo cerveja e fumando depois de almoçar, num típico encontro que só seria possível a dois desempregados. A Rua Augusta agora estava no ritmo costumeiro de pedestres constantes, lixo pelo chão e barulho de carros e conversas. Os muros pichados conviviam com dezenas de casas noturnas fechadas a essa hora e prédios em construção que anunciavam a gentrificação iminente.

— E cê sabia que o jornalista que escreveu a matéria do *Guardian* denunciando tudo isso mora aqui no Brasil? — ele perguntou, pegando uma batata frita e passando no ketchup. Fazia tanto tempo desde o fim do almoço que eles já estavam com fome novamente.

— Cê tá zuando!

— Tô não — ele respondeu de boca cheia. — Ele é casado com um brasileiro, mora no Rio.

— Ó, esse é um cara que eu gostaria de conhecer. — Como jornalista, é claro que Valentina diria isso.

Chávez, com zê — porque, embora todo mundo acreditasse que fosse um apelido de infância em homenagem ao sem-teto mais famoso da televisão brasileira/mexicana, a referência era ao ex-presidente da Venezuela —, era estudante de ciências políticas e na verdade se chamava Luiz Henrique, mas a maior parte de seus novos amigos nem sequer sabia disso. Ninguém entendia muito bem o motivo de ele ter ganhado esse apelido, e tinha gente que dizia que um dia ele simplesmente começara a se apresentar assim, escolhendo para si mesmo a homenagem que julgava adequada. Quando perguntavam, ele explicava que era porque era um dos únicos ativistas do grupo a ter estudado em colégio militar.

Ele vinha de uma família que seguia votando fazia décadas nos partidos da direita brasileira e começou a se interessar pelo oposto quando percebeu que era o melhor que podia fazer para enlouquecer os progenitores. A esquerda era tipo aquela namorada rebelde.

Só que é claro que nem todos os seus colegas de militância em São Paulo moravam em um apartamento quase do lado da estação Paraíso, na beira da Avenida Paulista, pago pelos pais. Mas isso era só um detalhe.

— Olha, pra mim são as mulheres curdas.

— Conta mais — ele pediu.

— Cê sabia que quem é do Estado Islâmico e tal acredita que vai pro inferno se for morto por uma mulher? Elas são muito foda.

— Pode crer — ele concordou, o rabo de cavalo balançando com a cabeça. — Mas deixa eu te perguntar uma coisa.

— Manda.

— Então, tá ligada aquele grupo de Facebook de feminismo que é misto e foi cê que me botou? — Como ela concordou com a cabeça, ele continuou falando. — Então, ontem tava rolando uma discussão por lá falando de depilação, que que cê acha?

— Ah, cara, acho ruim, né? A indústria da depilação foi inventada por motivos capitalistas e submete um monte de mulher a seguir um padrão de beleza e sentir dor. Todo mês.

— Mas elas podem usar tipo gilete também, nem dói.

— Poxa, Chávez, não é esse o ponto — ela respondeu, um pouco chateada e levemente exasperada.

— Olha só, Valentina, deixa eu ser sincero contigo. Cê sabe que eu também sou feminista, a Sasha Grey é uma das pessoas que eu mais admiro no mundo, mas tem coisas que sei lá, fica foda, sabe?

— Cara, mas é lógico que algumas coisas vão ser desagradáveis pra vocês que são homens e brancos, saca, a luta vai tirar coisas de vocês pra redistribuir.

— Mas a gente nem tá falando de dinheiro!

— Eu não tô falando de dinheiro! — ela retrucou, ficando já nervosa. — Se trata de direitos.

— Mas, saca só, todo mundo tem direito de ter suas preferências, ou pelo menos devia, cê não acha?

Sem perceber, ela já havia cruzado os braços.

— Por exemplo, cê já me disse que não gosta de homem loiro, que o cara tem que ter cabelo escuro senão cê não se sente atraída, e tipo, eu sou loiro, sabe? Eu não posso ficar ofendido por isso. É o que cê gosta.

— Isso não tem nada a ver com o que a gente tá falando, cê sabe que isso é fal...

— Tem tudo a ver...

— ... sa simetria!

As vozes se sobrepuseram e quando terminaram de falar, juntos, ficaram em silêncio. Ela pegou o isqueiro de cima da mesa e acendeu mais um cigarro, desviando os olhos para a rua, antes de voltar a falar.

— Sério, cê é homem, tem coisas que cê não vai entender!

— Mano, na moral, eu já li pra caramba sobre isso!

— Eu tô falando de vivência.

— Vivência? De novo essa putaria? Sério, isso é coisa de quem não tem argumento.

Ela ficou quieta, o rosto claro ficando vermelho aos poucos. Era um pouco de vergonha, um pouco de raiva. Ela já estava acostumada com a sensação.

Não fazia ideia de que horas eram, o celular estava jogado na bolsa imensa e completamente desorganizada — seria possível encontrar pirulitos em forma de coração que ela tinha ganhado em uma festa que acontecera ali pertinho três semanas antes — e ela não queria ter que mergulhar na bagunça para achar.

— Não fica assim, vai.

— Assim como? — ela respondeu, sem olhar para ele.

— Assim — ele repetiu, pegando um cigarro mentolado para si mesmo. — Pô, Valentina, cê sabe que quando cê age assim é uma *dor na bunda.**

Ela não conseguiu segurar o riso.

— Não começa — ele advertiu de primeira, porque sabia como ela tirava sarro das suas expressões mal traduzidas do inglês.

Quando presenciou o costume pela primeira vez, demorou a entender o que acontecera.

— Você já ouviu falar na Gail Dines? — ela tinha perguntado.

— *Toca um sino* — foi a resposta.

Claro que a discussão se seguiu eternamente depois disso focada apenas em quão boa ou ruim pornografia poderia ser, e foi só em casa, exausta e irritada, que Valentina entendeu o que Chávez tinha falado: uma importação linguística malfeita de uma figura de linguagem inglesa sobre ter uma lembrança fugaz de determinada coisa.

— Mano, como cê quer que eu fique quieta quando você fala essas coisas? — ela provocou. — É piada pronta, na moral, não é minha culpa se cê fica se fazendo de doido desse jeito.

— Ah, cala a boca.

Ela riu, a risada de criança se espalhando pelo ar poluído da Augusta. O sol do meio-dia, que castigava o couro cabeludo dos dois, já tinha ido embora: agora, com a tarde ameaçando chegar ao fim, ele já tinha se escondido atrás de um dos vários prédios que circundavam a rua, que se estendia como um labirinto de arranha-céus de concreto.

— *Me joga um osso*, vai.

— Cê num tem jeito.

Ele acompanhou o riso dela. O último cigarro da tarde foi aceso no meio do silêncio de ambos e da barulheira da cidade. Buzinas, vozes, risadas, motores de carro, portas abrindo e fechando, talheres. E os celulares. Quando o iPhone de Chávez vibrou, o de Valentina, perdido dentro da bolsa, vibrou também.

— É o pessoal — Chávez explicou, sem tirar os olhos da tela. — Eles já tão por lá.

— Bora então.

A dança de fim de refeição se seguiu com aquela automaticidade clássica. Um dois três, cartão na máquina de pagamento, um dois três, carteira dentro da bolsa, um dois três, agradecimentos aos garçons. Tradição finalizada, os dois seguiram juntos, a pé mesmo, em direção ao Centro de São Paulo.

— Todo mundo sempre me falava que esta cidade era muito feia e suja, mas eu me apaixonei logo que pisei aqui — Valentina começou a resmungar, uma manifestação muito mais de necessidade de expressão do que de desejo de ser ouvida. — A Paulista nem precisa falar, toda aquela vida pulsante que o coração até dispara pra acompanhar, mas o Centro, o Centro que todo mundo fala que fede a mijo, todo mundo acha horrível, e eu fico pensando será que as pessoas não conseguem perceber a beleza que essa decadência tem? Um monte de gente que vai pra Montmartre e fica falando de Toulouse-Lautrec mas não consegue olhar a efervescência da própria cidade, eu fico pensando será que eles não percebem que é aqui que a arte acontece na nossa cidade, e não naqueles prédios da moda que enchem o Brooklin? E daí eles olham feio pro jeito que a gente se veste, de cima dos ternos, e será que eles realmente acham que eles têm alguma coisa a ver com a boemia parisiense do verão do amor?

— Eu já te falei hoje que cê é piradinha?

Valentina ergueu a bolsa do ombro e bateu com ela, fraquinho, meio de brincadeira, nas costelas de Chávez. Depois disso, seguiram sem falar, só assobiando de vez em quando (Chávez) ou cantarolando alguma música (Valentina).

O prédio aonde eles iam era uma construção antiga no Vale do Anhangabaú onde artistas alugavam apartamentos a preços mais baixos, e onde você podia encontrar pessoas fantasiadas, pinturas e música pelos corredores. O apartamento em que Valentina morava — numa tentativa de se levar a sério como escritora, não apenas como jornalista — era coberto de pinturas dos colegas de prédio. Na sala, ela encontrou Sílvia, sua colega de apartamento, uma poeta que escrevia poemas longos cheios de erros de digitação por causa do teclado pequeno do netbook, que fazia os dedos tropeçarem entre si, e João, que eles chamavam de "o melhor músico desconhecido do Brasil", conversando apoiados na mesa alta, segurando copos de plástico com vinho. Amanda, que completava o trio de mulheres que moravam ali, estava com a roupa suja de tinta dos quadros imensos e incríveis que fazia, parada de pé com dois desconhecidos pegando garrafas de cerveja na geladeira.

Valentina respirou fundo e se apoiou também, entreouvindo a conversa.

— ... quer dizer, você supostamente está tentando alterar a realidade social através da arte e só cria um produto capitalista.

— Você não pode seriamente pensar assim — João interveio, com a sobrancelha erguida. A luz da cozinha dava direto em cima dele e fazia sombras pelo rosto anguloso e barbeado. — Você escreve poemas. Já pensou em algo mais inacessível intelectualmente no meio literário?

— Ah, por favor, você não pode estar usando esse argumento. As artes visuais são usadas unicamente pelo valor de status várias vezes. É só ver esse monte de gente esnobe e vazia enchendo as paredes de quadros famosos sem nem pensar duas vezes no que o cara tá querendo falar. E no outro lado do espectro tem gente tão focada no que o artista queria falar que parece que tudo se torna uma punheta teórica, e se o cara tivesse vivo certeza que ia rir da cara deles.

— É por isso que o John Lennon escreveu "I Am the Walrus", e é por isso que a música é a arte mais acessível de todas.

— Orgânica, no máximo — ela retrucou, com uma risada irônica. — Toda arte é inacessível em algum ponto, porque a arte tá na mensagem, não no suporte.

— Na última vez que fui pra Porto Alegre — Valentina interrompeu —, eu vi uma discussão sobre isso. Umas pessoas usaram uma foto ofensiva, de uma mulher com o olho roxo, pra uma festa. Aí a galera caiu em cima, apologia à violência doméstica, né, e uma mina começou a dizer que era fotografia de uma peça de teatro, era arte, ninguém podia criticar, e aí chegou outra mina rindo na cara deles que achavam que só porque era teatro ou fotografia era arte.

Sílvia tinha virado o rosto para Valentina, encarando a amiga pela primeira vez. Puxou-a para um abraço.

— Cara, nem tinha te visto aqui.

— Eu vi, quando cê fica discursando é assim mesmo — Valentina provocou, e João deu um sorriso discreto.

— Mas não é surpreendente isso daí — ele começou a falar. — A cidade de vocês duas é uma desgraça. Lembra aquele primo teu que postou no Facebook que não existia estupro marital porque casamento tinha implícita a obrigação de sexo?

— Ah, cara, nem começa — Sílvia emendou — que já me dá deprê. Isso tudo é muito real. Eu não aguento mais ver arte autocentrada, ver artista falando de si mesmo e da própria angústia existencial. Cara, sai um pouco do teu mundinho, sabe.

— E aí — Chávez cumprimentou os amigos, aparecendo com alguns minutos de atraso, culpa da cerveja aberta na mão direita. — Cês já tão discutindo essas porra de novo? Eu já disse pra Valentina deixar esses negócios de lado porque a gente precisa focar na militância, mas ela nunca me escuta.

— Bom pra ela — Sílvia respondeu, uma risada anasalada em seguida, um tapinha no braço de Chávez.

— Cara, eu nunca sei se cê tá me zuando ou falando sério — ele retrucou.

— Essa é a graça. — Ela deu uma piscadela e se afastou com João para ir até a geladeira.

— Ah, vai, *me morde* — Chávez resmungou para Valentina assim que Sílvia saiu do campo auditivo. — Não aguento essas minas que acham que tão mudando o mundo com meia dúzia de frases que rimam. A gente tinha que falar de coisas reais. Falar de economia em vez de arte.

— Sempre achei bem louco que a gente trata economia como se fosse meio que um Deus, um ser sobrenatural — Valentina falou, a voz ligeiramente mais baixa, quase como se fosse para si.

— Que viagem louca é essa aí? — Sílvia perguntou, trazendo cerveja para o resto.

— Tipo, esses dias eu li uma matéria de um economista que sugeria que a gente imprimisse mais cédulas, só que daí a crítica é que vai gerar inflação, só que, tipo, quem faz a inflação é a gente, não é tipo um desastre natural, a gente que aumenta os preços de tudo, porque as pessoas têm mais condições e a gente percebe que pode explorar mais.

— Sim, a economia é um sistema material e institucionalizado — João concordou.

— E é tipo isso, sabe. Não é como se fosse um ser todo-poderoso. É a gente, ou melhor, quem tem o poder que fica fodendo com todo o resto, só que a gente fica tratando tipo "ai, meu deus, a inflação", quando é um bando de homem escroto.

— Bem-vinda ao capitalismo. — Chávez soltou uma risada anasalada.

— E ao patriarcado e à supremacia branca — Sílvia acrescentou.

— Cara, *me faz um sólido* e larga esse discursinho antiMarx.

— AntiMarx da onde, Chávez? Cê tá louco? Só que Marx é obsoleto demais se for usado só pra analisar o sistema de classes sob a ótica econômica.

— Cara, na boa, cê tá precisando reler Marx.

Sílvia riu, uma gargalhada forte e gostosa, como se nunca tivesse escutado algo mais engraçado no mundo. Chávez desviou o olhar, depois tomou um gole de cerveja. Só voltou a olhar para Valentina quando Sílvia saiu e foi ao encontro de João, que já tinha desistido da conversa havia algum tempo e agora tocava violão baixinho do outro lado da sala. Ela tirou o violão do colo dele e ocupou o lugar do instrumento musical, enquanto os dedos de João trocaram as cordas pela cintura dela.

— É isso que eu te falo, Valentina, cê precisa encontrar outra pessoa pra dividir apartamento. Ela não é uma boa influência pra você.

Politicamente — ele resmungou, largando a garrafa vazia de cerveja em cima da pia e pegando mais uma para ela.

— Para com isso, vai.

— Um dia cê vai ver que eu tenho razão. Amizade feminina funciona desse jeito, sempre tem uma que é mais dominante, sabe, e daí a outra acaba seguindo, *vinte e quatro barra sete*.

— Mano, como é que cê fala isso e ainda tem a cara de pau de falar que é feminista?

— Na moral, nem vem, cê sabe quanto eu chorei por causa do aborto da minha ex e até fui num daqueles protestos aí, não tá legal você vir falar de feminismo comigo assim, não. Sério, na moral, nem vem, cê quer vir falar disso e fica discutindo livrinho e musiquinha, um monte de mina que tá voltando da ioga e falando no iPhone sobre isso no Facebook!

— Chávez — ela começou, depois fechou os olhos.

— Sério, eu tô investindo capital na militância, e cê vem me falar isso? Na moral.

O celular apitou no bolso. O de Valentina, um smartphone quebrado de dois anos atrás, com um plano de dados que durava entre catorze e vinte e três dias do mês, também. Dessa vez, com o celular no bolso, ela foi a primeira a ler a mensagem que ambos tinham recebido em grupos compartilhados.

— Mano, o coletivo tá com um problema com a polícia.

— Filhos da puta.

— Porra, Chávez — ela desviou o rosto da tela para que ele pudesse vê-la revirando os olhos —, já te mandei parar com esses xingamentos que normatizam misoginia.

— Na moral, a gente tá lidando com coisa mais importante agora, nem vem.

Ela ficou em silêncio, tentando ler a mensagem, o foco dispersando. Ele terminou antes dela, apertou o botão de bloqueio de tela e falou:

— Preciso ir.

— Aonde cê vai?

— Ajudar eles, ué.

— Tem certeza que cê consegue?

— *Pedaço de bolo.*

— Tá bom. Se cê vai, vou ficar por aqui. Eles não precisam de mais de uma pessoa.

— Como sempre...

— Começou.

— Ah, cá entre nós, Valentina, todo mundo sabe que cê é a pessoa mais sem compromisso do mundo, só quer saber das tuas amiguinhas.

— Mano, agora porque eu dou preferência pro coletivo feminista cês vão ficar me enchendo a porra do saco?

— Cada um sabe o que faz — ele respondeu, se aproximando para dar um beijo no rosto dela como despedida. Teve que se aproximar um pouco mais, porque o pescoço dela, rígido, não deixou que o movimento natural de abraço-e-beijinho se completasse.

Sem se despedir do resto, saiu.

Agora o sol tinha finalmente ido embora. Parou no boteco da esquina, onde encontraria café de verdade — Valentina e Sílvia só bebiam descafeinado, e a geladeira delas só tinha iogurte com granola, porque Sílvia tinha mania de comer os grãos gelados. Não que ele fosse comer alguma coisa. Só queria café.

Só depois partiu para o metrô. O celular estava vibrando sem parar no bolso da calça, mas ele não tinha coragem de pegar para ler no meio da rua à noite. O Vale do Anhangabaú não era conhecido como a zona mais segura de São Paulo.

Quando entrou no vagão, tirou o aparelho do bolso e encarou as notificações. Eram quase dez horas da noite e ele não tava mais aguentando aquela conversa infinita sobre feminismo e militância. Tudo o que ele queria era ir para casa, assistir Netflix e dormir. Foda-se, cara, foda-se.

Ele sempre ficava se sacrificando para um monte de mina ingrata ficar tirando com a cara dele. Na moral, ele era muito bom. Não era obrigado a ajudar ninguém. Ia para casa. Ninguém dava valor para ele, mesmo. Tinha decidido. Desbloqueou a tela do celular para desligar o aparelho. A meio caminho da função, foi interrompido pelo barulho surdo do tiro que ecoou no vagão.

* Expressões em inglês traduzidas literalmente e seus reais significados:

pain in the ass ("dor na bunda"): encheção de saco
rings a bell ("toca um sino"): me soa familiar
throw me a bone ("me joga um osso"): me ajuda aí
bite me ("me morde"): nem vem
do me a solid ("me faz um sólido"): me faz um favor
24/7 ("vinte e quatro barra sete"): vinte e quatro horas por dia, sete dias por semana
piece of cake ("pedaço de bolo"): fácil demais

9

A PÁGINA LEVEMENTE AMARELADA DO MOLESKINE AOS POUCOS IA SENDO coberta de cor pelo lápis que desenhava as letras do poema. Graça não acreditava em escrever no computador: precisava se conectar com as gerações antigas de poetas que, à mão, transcreviam sentimentos e vidas inteiras. Bukowski entenderia.

O sol que entrava pela janela do seu quarto era forte, malhando os lençóis desarrumados em cima da cama em um misto de luz amarela e sombra cinza. Ela encarou a forma como os raios tocavam a superfície da trama da tela protetora, pintando os nós brancos que eram os responsáveis por proteger seu gato. A sensação de escrever à mão pela manhã, em dia de semana, sempre a levaria ao passado.

Graça, o almoço tá pronto! Ela quase podia ouvir o grito da mãe.

Naqueles dias antigos, encontraria a empregada servindo os pratos na mesa da sala de jantar enquanto sua mãe, usando um tailleur roxo combinando, digitaria no celular. Logo a cena se tornaria uma discussão. Era só a mãe tirar os olhos da tela que dizia:

— Há quanto tempo você não toma banho?

Graça revirava os olhos.

— Minha arte não me dá tempo para tomar banho na mesma frequência que vocês — resmungava em resposta, sentando no lugar de sempre. — Mas tomei banho ontem, tá?

— Seu cabelo está um desastre, você sabe que temos aquele jantar beneficente hoje. Quero que você apareça lá apresentável, é muito importante pra carreira do seu pai.

— Pra ele conseguir dinheiro pra crianças com fome na África, ou pra ele conseguir dinheiro pra própria campanha?

Sua mãe largava o celular e apoiava as mãos na mesa sempre que ia dar um discurso. Encarava Graça direto nos olhos e começava a falar:

— Você já tem mais de vinte anos e é formada na faculdade. Tem compreensão suficiente para saber que a vida não é como os livros que você lê.

— Os livros que eu leio são *sobre* a vida, mãe, eles são muito mais perto da realidade!

Ela via a mãe fechar os olhos e sentar na cadeira, pressionando as têmporas em um clichê repetido em todos os filmes de mães-e-filhas, e cruzava os braços, esperando o que viria a seguir.

— Eu só quero ter um almoço sossegado com a minha filha, é pedir demais? — questionava a mãe, com a voz baixa, voltando em seguida a encarar Graça. — Você pode me dar isso?

Graça ficava em silêncio cada vez que a mãe dramatizava uma enxaqueca.

— Como está indo o seu livro?

— Tá bem. Já tenho dezenove poemas prontos, e hoje mesmo estou trabalhando em outro. Você não tem ideia, mãe, de como eu ando inspirada. Tudo que vejo se transforma em poesia!

— Que bom, eu e seu pai queremos que você consiga realizar o seu sonho.

Era o que sempre dizia.

E Graça sabia que era sincero, o que não significava que a mãe entendia as dificuldades e angústias de ser artista. A casa de seis quartos — três suítes, a dos pais, a sua e o quarto de hóspedes, mais três aposentos separados entre escritório da mãe e do pai e seu ateliê — acabava se provando vez e vez de novo minúscula. Ela precisava sair e experimentar a vida, precisava sair e ver o que estava acontecendo como uma pessoa normal. Essa era a angústia incompreendida que assombrava seus dias de nova adulta.

Hoje, Graça sentia saudade dessas brigas, desaparecidas havia quase nove anos, quando seu pai foi preso por causa daquele escândalo de corrupção cujo nome era uma piada de mau gosto. A legenda 54 virou palavrão em sua casa. E ela foi obrigada a usar o diploma de licenciatura em letras para dar aula — e não no Dante ou no Panamericano, onde mamãe poderia encontrar o emprego que ela quisesse uma década atrás. Não. Foi ela quem se fodeu e teve que ir até a Zona Leste encontrar uma escola que ignorasse as fofocas.

Pelo menos hoje trabalharia apenas à tarde, então poderia almoçar com calma e só depois perder mais algumas horas de vida dando aula para um monte de vagabundos. Espreguiçando-se, abriu o laptop e começou a se atualizar: primeiro as mensagens de amigos e postagens no Facebook, depois os portais de notícias. Tudo em ordem de prioridade.

Porém não chegou a ser indulgente com sua obsessão diária de descobrir se algum jornalista teria reavivado a história da sua família. Antes disso, foi pega pela postagem de uma ex-colega de faculdade contando que tinha visitado uma exposição em Berlim em que a artista criara uma obra de arte que era um comentário sobre a violência sexual no país, usando sua própria experiência como tema. A performance, a amiga explicou, era inspirada em um episódio que acontecera quando a artista tinha dezessete anos e foi para a casa de um colega estudar. Quando ela decidiu que queria ir embora, ele deu um soco em seu rosto e a derrubou na cama. Enquanto ela chorava e tentava se desvencilhar, ele enfiou o pênis duro em sua vagina e ânus. Ela saiu sangrando e dolorida, a carne no meio das pernas lacerada, ainda sentindo a textura pastosa do sêmen escorrendo na calcinha. A amiga havia descrito a história da artista assim mesmo, publicamente, no próprio perfil, sem qualquer pudor.

Graça sentiu nojo. E depois raiva. Se isso tivesse acontecido com ela, talvez tivesse coisas mais profundas para escrever. Se ela tivesse passado por algo realmente impressionante, talvez pudesse ser uma autora de verdade. Mas sua vida de menina rica e protegida pelos pais jamais daria a profundidade necessária para escrever coisas significativas. Se seus pais não fossem tão paranoicos, talvez aquele livro publicado não tivesse sido uma vergonha.

Todos os grandes artistas tinham tido pais compreensivos, tinham sido apoiados na própria arte. Ou pelo menos tiveram pais que não ficavam no meio do caminho. Não eram como os dela, que em um minuto pairavam como urubus sobre tudo o que fazia e no seguinte sumiam, levando junto o dinheiro e o tempo que ela poderia dedicar à própria escrita. Quem conseguiria ser um autor famoso desse jeito?

Coney Island
O impossível inexiste
Céu e rodas-gigantes
O mundo inteiro triste
Você hesitante
O mar resiste
É o bastante
Pra quem assiste.

Encarou o poema rabiscado com lápis de cor vermelho. Com o amarelo, sombreou um círculo em volta — a própria roda-gigante dessa praia longe que ela não conhecia pessoalmente, só por imagens através de diferentes telas. O chá-verde, quase gelado agora, foi finalizado em um gole contente de atividade cumprida.

Se ela conseguisse encaixar bons poemas, como esse, entre os horários de aula... talvez tivesse alguma chance nova no mercado literário brasileiro. E ela sabia por histórias confiáveis que tirar a roupa para o editor certo, principalmente dessas editoras menores, levava a muitos lugares, então, bem, ela ainda era bem gostosa, especialmente com os 300 ml que tinha colocado logo antes de papai ter a conta bancária tomada. O livro com certeza seria impresso e visitaria livrarias se ela conseguisse, bom, escrevê-lo.

Encarar os rostos que chegavam até mesmo a aparecer com uma ou outra mancha de areia na sala de aula era só a merda de um inconveniente pelo qual ela teria que sobreviver até sua voz ser descoberta.

Hoje os alunos do nono ano estavam em silêncio quando ela entrou na sala para a tarefa inútil que era ensinar português para aquela gente burra.

— Que silêncio é esse, alguém morreu? — perguntou, dando uma risada fina. Era o tipo de piada que adorava, e adorava porque, naquele ambiente, provavelmente era verdade.

Só que ninguém falou nada.

Ela pediu para todos abrirem a gramática na página 245. As figuras de linguagem estavam descritas de forma didática, seguidas por frases fáceis que exemplificavam seu uso. A função dela ali no meio não fazia o menor sentido. Ela tinha certeza de que qualquer pessoa que lesse aquilo entenderia o que é uma metáfora, mas sua turma era basicamente composta por mulas.

A porta da sala de aula se abriu, interrompendo a sua voz alta que lia em um tom único o parágrafo de resumo da lição. Era Ângela, as tranças com as pontas cor-de-rosa balançando na altura dos cotovelos, argolas prateadas gigantes nas orelhas.

— Com licença — ela falou, com aquele tom de voz grave que parecia ser de uma mulher de trinta anos, não de uma adolescente de catorze.

Graça ergueu os olhos com a interrupção, então falou, com a voz baixa e lenta:

— Sinto muito, você não pode assistir à aula.

— Sora? — As sobrancelhas de Ângela se ergueram um pouco, o pequeno piercing de argola na da esquerda faiscando com a luz da sala.

— Você está — ela olhou de esguelha para o relógio — dezessete minutos atrasada.

— A Marcela tá doente, eu tive que dar o mamá pro Nandinho. — A menina entrou alguns passos e fechou a porta atrás de si, a barra da saia mal chegando à altura da bolsa roxa que escorregava pelo ombro.

Ela sabia a quem pertenciam os nomes que Ângela falava, embora não demonstrasse. Ainda sem se levantar, cruzou os braços, querendo descobrir se a aluna iria então sentar em seu lugar. Ângela ficou parada.

Que tipo de pessoa chama a mãe pelo nome, e não pelo vocativo familiar?

— E, além disso, você não está vestida adequadamente para o ambiente escolar.

Ângela abriu os braços e baixou a cabeça, encarando o próprio corpo e tentando descobrir, daquele ângulo, qual era a imagem que a professora via. A minissaia jeans era apertada, assim como a blusinha de lycra estampada com diamantes coloridos. As histórias sobre a vida sexual de Ângela eram presença semanal na sala dos professores — a garota obviamente não tinha a mínima noção para perceber que sexo não deveria ser algo público. E, aliás, literalmente: não era ela que tinha sido pega pelo zelador fazendo sexo no meio do ginásio depois de o sinal tocar?

Por favor, Graça era mulher, ela sabia quão gostoso era fazer sexo. Há dois anos havia se dado de presente um vibrador roxo com três velocidades e três níveis de rotação — embora, não importava quão maravilhoso fosse, às vezes nada superasse o dedo, que conseguia se mover como ondas oceânicas. Amor-próprio, isso sim.

Só que ela não tinha catorze anos. Quando tinha catorze encarava a coleção de quarenta e cinco Barbies na estante rosa do seu quarto, em vez de sair brincando de boneca na vida real. Que é o que aconteceria, porque por quanto tempo aquela pirralha ia aguentar sem um pirralho para criar?

E depois tinha mulher que era a favor de legalizar o aborto. Quer forma mais eficaz de legitimar a vulgaridade?

— Ângela, nós já conversamos sobre os seus atrasos.

— O Odalci disse que não tinha problema.

— O *diretor* Odalci — Graça corrigiu — não tem poder na minha sala de aula.

Era a quarta vez que ela tinha uma ordem anulada pelo diretor, que preferia dar razão para os alunos a ouvir os professores. Era só Ângela — ou qualquer um desses malcriados pretos, ela sabia — inventar uma história sobre problemas familiares e doenças e histórias de prisão que Odalci decidia dar uma de anjo da guarda. O que Graça queria saber era como, gente, como podia tanta merda acontecer com uma pessoa só — e olha que de merda ela entendia, porque tanta coisa ruim tinha acontecido na própria vida, e olha ela lá, trabalhando, suando, ganhando a vida.

— Sora — a voz de Ângela tava mais baixa agora —, a Marcela tá muito mal. O Odalci sabe. Eu não vou perder uma aula, não.

Ela já podia imaginar a voz calma de Odalci repetindo estatísticas. *Você sabia que cinquenta por cento dos jovens negros da periferia de São Paulo morrem antes dos vinte anos? Que metade dessas pessoas não vai chegar à maioridade?* E isso agora era culpa dela?

Graça se levantou e apoiou as mãos na mesa de madeira, machucada pelos anos, antes de falar.

— Se você der mais um passo, você vai rodar nessa matéria.

— Sora! — um dos alunos deixou escapar.

— Você não pode fazer isso. — Ângela parou de andar a meio caminho de sua mesa. — Você não pode fazer isso! Eu tô indo bem em todas as provas!

— Vinte questões de trinta numa prova ridícula de tão fácil é ir bem? Eu teria gabaritado essa prova assim que aprendi a ler. Você acha que é inteligente? Se fosse, já tinha virado as costas e saído daqui. Burra do caralho, não aguento mais você achando que pode mandar em tudo.

Alguns segundos longos se passaram antes que a professora fechasse a mão em punho e batesse na mesa, de modo que o som abafado ecoou na sala de aula como se estivesse um pouco atrasado, fora do ritmo que a briga deveria ter.

— Eu vou falar sobre isso com o Odalci e com a Adelaide. — Ela se virou para sair da sala, e Graça sabia que a menina usava o nome da psicóloga da escola como forma de intimidação. Ah, então ela achava que era assim que se ganhava uma briga?

— Não interessa quão amante de preto ele seja, cê acha que quando as coisas ficarem ruins de verdade vão acreditar em quem? Em mim ou numa neguinha encardida que nem você?

Ângela deixou a bolsa cair no chão e começou a chorar.

— Agora você vai chorar, vai? Coitadinha.

Um garoto que já devia ter uns dezesseis anos — também, um bando de gente burra naquela sala, ele já devia ter reprovado de ano umas duas vezes — se levantou e foi até Ângela. Cochichou algumas coisas no ouvido dela e pegou sua bolsa do chão.

— A gente já vai sair, falou, sora? — ele murmurou sem olhar para trás, batendo a porta quando passou.

Claro que tinha um monte de moleques querendo ajudar uma boceta fácil como a dela.

— Alguém aqui quer falar mais alguma coisa? — Graça se virou para os rostos escuros de sujeira e da cor da pele, que também parecia sujeira, esperando que mais alguém falasse.

Ninguém falou.

Ela voltou a ler em voz alta sobre metonímias.

Quando o sinal que anunciava o fim da aula tocou, a turma se levantou quase ao mesmo tempo e se amontoou na porta para sair. Era algo que ela tinha notado logo nas primeiras aulas, quão rápido eles saíam. Nessa idade, ela costumava demorar para guardar as canetas coloridas nos respectivos estojos, organizar as folhas dentro do ficheiro da Aurora, sua princesa da Disney favorita na época (de vestido rosa, não azul), e depois colocar tudo na mochila de rodinhas. Aliás, isso era outra coisa: ninguém ali sequer entenderia o que ela queria dizer com "mochila de rodinhas".

E, ali, aqueles poucos que chegavam a usar caderno e caneta para registrar as aulas colocavam tudo rapidamente dentro da mochila antes mesmo do sinal. Não ficariam um minuto a mais. E ninguém tinha canetas coloridas.

Era estranho pensar que havia dez anos tinha dezoito, e só quatro anos antes disso catorze. Esses quatro anos pareciam muito mais, como se tivesse pulado galáxias e viajado entre diversas versões de si mesma. As memórias, as sensações, até o jeito de pensar: tudo mudara tanto. E depois dos dezoito os anos, que se apresentavam em uma sequência inexorável, como acordes de uma música infinita, pareciam se tornar notas cada vez mais curtas e parecidas entre si, enquanto o começo da canção era mesclado de graves e agudos intercalados em longas notas. Como é engraçado o tipo de jogo que nossa memória faz depois que a gente se torna quem a gente é. Tudo parecia o mesmo ano, quase que sem divisória, e uma década poderia ser ontem.

Ela conseguia entender como as pessoas mais velhas podiam facilmente continuar com a mesma personalidade a vida toda. A cabeça dos dezoito nunca ia embora, nunca mudava.

Saiu da sala de aula e foi até a sala dos professores beber um café antes do conselho de classe. A sala, no segundo andar do prédio, fedia a queijo passado e fumaça de caminhão. Ela tinha esperança de acabar se acostumando com o cheiro algum dia. Até lá, trancava o nariz quanto aguentasse.

Da janela com grades, o gato vadio que o professor de matemática, Pedro, insistia em alimentar olhava para ela com aquele olhar fixo de gato, sem piscar, os olhos gigantes de íris amarelada contrastando com o pelo escuro e tigrado típico desses gatos vira-latas. Ele miou baixo, um miado longo, rouco, que mais parecia um gemido. Quase humano. Horrível.

— Sai daqui — ela começou a resmungar, balançando a mão de longe para tentar assustá-lo. Ele manteve o olhar fixo, rosnando baixinho, os dentes afiados aparecendo por alguns segundos. — Puta merda, seu desgraçado, sai daqui!

Ela sabia que a grade era espaçosa o suficiente para permitir a passagem do gato, embora Pedro dissesse que ele jamais entrava no prédio. Caminhou devagar até o outro lado da sala, onde uma vassoura velha estava apoiada ao lado da lixeira, e pegou o cabo azul. Se ele chegasse perto, ela teria defesa, nem que matasse a praga.

Menos um animal vagabundo no mundo.

Pedro chegou apenas doze minutos depois, carregando um prato de plástico lotado de restos da cafeteria. O gato soltou outro miado agora, mais agudo, curto, e esperou ansioso para receber a comida.

— Ele tá te incomodando? — perguntou para Graça. — Ele sabe que em geral eu dou comida nesse horário, aí sempre aparece por aqui.

O meio sorriso que ela deu foi mais amargo que o café que tinha gosto de barato. Assim que terminou de comer, o gato pulou da janela, deixando o lixo para Pedro. Em poucos minutos, a sala dos professores estava lotada para discutirem o futuro daqueles jovens.

Futuros marginais.

E gente de bem perdendo tempo discutindo sobre esses traficantes e prostitutas em construção. O que eles esperavam que acontecesse? Graça encarava os olhos azuis de Odalci e de Adelaide, tentava se concentrar na cadência entusiasmada e esperançosa da voz de Pedro, mas tudo o que via eram crianças. Crianças que não tinham passado por dificuldades suficientes para amadurecer e perceber que todo mundo naquela escola de merda era podre, era o motivo de o Brasil estar do jeito que estava, que a corrupção está nas pequenas coisas e que cada um dos alunos já devia ter roubado pelo menos um chiclete. Era nessas crianças que eles botavam o futuro do país? Meu Deus, ela precisava ir embora.

Levantou da mesa sem perceber, de cara, que tinha feito isso. Todo mundo ficou em silêncio e olhou para ela.

— Eu... eu estou me sentindo doente — mentiu. Uma tosse forçada escorregou pelos seus lábios em seguida. — Preciso ir pra casa.

Os votos de melhoras foram ouvidos pela madeira da porta que ela bateu assim que saiu da sala. Parecia estar tendo algum tipo de ataque de pânico, que tinha desenvolvido uma aversão claustrofóbica àquele tipo de pessoa. Àquele tipo de lugar.

Mas ela sempre tinha detestado aquele tipo de lugar, não é? A vida era que tinha sido uma sacana jogando-a ali. Inspira. Expira. Desceu as escadas sem encostar nos corrimãos cheios de germes e saiu pela porta da frente, sorvendo o ar da rua com nojo. Era poeirento, sujo, fedido. Ela detestava aquela rua. Aquelas casas. Aquela escola. Aquelas pessoas.

O que tinha feito para merecer isso?

Meio sem pensar, foi guiada pela própria memória muscular para a estação do metrô. Lá dentro, agradecendo por encontrar vagões vazios — a única vantagem de ficar até aquela hora presa no inferno —, colocou o rosto nas mãos e chorou. Era um clichê pessoal chorar no metrô. Até os vinte nunca tinha entrado em um. E agora vivia dentro daqueles vagões, metade do tempo sentindo o cheiro salgado das próprias lágrimas e do suor dos outros. Como era injusto. Como o mundo era injusto.

Os olhos já estavam secos, ainda inchados e vermelhos, e ela já tinha trocado de vagão e de linha de metrô quando ouviu o tiro. As injustiças não acabavam. Ela não aguentava mais ser vítima da vida.

10

1 Chamou o SENHOR a Michel, em seu vigésimo sétimo ano na Terra, e lhe disse:

2 Bem-aventurança espera aquele que a mim se dedicar; promessas terás que fazer, mandamentos terás que cumprir; de mulheres abdicarás, e riquezas abandonarás; o SENHOR recompensará.

3 Tendo Michel a vida toda se sentido estranhamento diante de seus irmãos — aqueles que ao seu lado habitam a Terra, criação desse mesmo SENHOR —

4 Voltou-se ao SENHOR, e trocou a casa de seus pais pela congregação, casa de seu novo pai.

5 E disse àqueles que o botaram no mundo, seus genitores:

6 Pai, não me tornarei o médico que sonhaste, porém, da mesma forma, ao mundo servirei.

7 Mãe, tu entenderás melhor que os outros as minhas escolhas, pois vês nosso mundo e amas o SENHOR.

8 E, assim, partiu Michel a servir ao SENHOR, com o Livro do SENHOR nas mãos em leituras eternas sobre o que está além do firmamento.

9 Da mulher, foi fácil abdicar: primeiro porque nunca a quis, depois porque era capaz desde cedo de perceber sua imundície descrita em Levítico. E Colossenses: a submissão da mulher ao marido será garantida.

10 Porém, no futuro de Michel, como padre, como servo do SE-

NHOR, nenhuma mulher estaria: se não apenas pela missão na Terra, como também pelo seu próprio desejo. Portanto, sem mulher para morder a maçã da serpente, sentir-se-ia em paz para seguir sua própria vocação.

11 E assim o fez: em seu trigésimo primeiro aniversário, viu-se frente a frente com o novato de nove anos.

12 Conhecia Levítico muito bem: "Quando também um homem se deitar com outro homem como com mulher, ambos fizeram abominação; certamente morrerão; o seu sangue é sobre eles".

13 Seu ódio espalhar-se-ia pelo mundo, e a serviço de seu SENHOR defenderia a honra da verdadeira família.

14 A começar pelo bebê ainda no ventre da mulher, mais valioso que ela — ela que veio da costela do homem.

15 Crianças, porém, são como anjos: e anjos não têm gênero.

16 O garoto de nove anos então não era garoto ainda — e sem gênero, não era pecado aquilo a que Michel, servo do SENHOR, entregar-se-ia. Bem-aventurança prometia às suas crianças: conhecia o trabalho do SENHOR e suas exigências.

17 Michel disse: se as crianças se dedicassem a servi-lo, iriam elas ser recompensadas. E assim elas fizeram.

18 Michel disse e disse outra vez: não há o que temer.

19 Livrar-se-ia assim da aberração que era a mulher e da aberração que era o homem e outro homem.

20 Puro seria: com uma criança.

21 O sol e a lua dançariam sua dança dos dias; e Michel permaneceria na congregação, a servir ao SENHOR. Iria e viria, na cidade de São Paulo —

22 justa homenagem ao apóstolo, líder, aquele que também espalhou o catolicismo, aquele que escreveu e transmitiu a palavra do SENHOR pelo mundo. —

23 Das casas dos necessitados, a quem servia, pelo SENHOR, e ensinava as pessoas certas a odiar, e aquelas poucas a quem amar. Espalhava assim o que sua missão pedia: a tolerância.

24 (Apenas aos seus iguais, isso era de extrema importância.)
25 E os seres imundos assim seriam erradicados da Terra.
26 Voltar-se-ia então para dentro da congregação, dedicar-se-ia a suas crianças. Uma por uma, ano por ano, satisfaria aquela necessidade: e, livre da imundície, gozaria.
27 O SENHOR abençoe essas crianças.
28 Crianças lindas, puras, inocentes: Michel para sempre seria fiel às suas crianças, enquanto elas fossem fiéis a ele. Não poderás falar uma palavra, ele disse às suas crianças, sobre nossa cumplicidade. Pois o SENHOR valoriza aquele que é capaz de amar ao próximo.
29 Michel disse: crianças, venham me amar. E elas o fizeram: com a boca, com as mãos, com as partes do corpo que o SENHOR escondia com tecidos.
30 Lágrimas corriam pelos rostos belos e rosados das crianças do SENHOR: o sofrimento é necessário para a formação do caráter, Michel sabia, assim como sabia que o SENHOR dá limites ao sofrimento.
31 Crianças, os anjos do SENHOR, nunca sofreriam demais.
32 E assim ele sabia que as lágrimas das crianças, o medo, o sangue, que derivavam dos seus atos, nada mais eram que provas do SENHOR para crianças de bom caráter. E, como servo do SENHOR, ele ajudaria na missão de formar crianças, futuros jovens e adultos do mundo do SENHOR, de bom caráter.
33 Nada como confiar plenamente no SENHOR, plantar convicções e colher a verdade. Amaria ao próximo, em qualquer situação — à exceção daqueles que não merecem: bestas que deturpam a obra do SENHOR.
34 Mulheres, o pecado original, capazes de matar sua cria, bebê, ainda em suas entranhas, capazes de rejeitar um homem humilde; mulheres, o próprio pecado.
35 Negros, pessoas sujas, sub-raça que o SENHOR não pode evitar, criadores do caos no mundo.
36 Homossexuais, abominações, anormais, que vão contra a natu-

reza do SENHOR e não têm nenhuma vergonha.
37 Aqueles pobres que exigem dos ricos — ex-pobres que lutaram por libertação — o pão de graça, o peixe de graça. Pois o SENHOR ensinou a se esforçar, e vagabundos não permanecerão nas graças do SENHOR, Michel sabia.
38 Pois quem tem fé sempre atinge seus sonhos: aos servos do SENHOR nada faltará.
39 Só suas crianças eram puras, e Michel as amaria de toda forma.
40 Eis que um dia o SENHOR lhe deu outra missão:
41 Ajudar um herói.
42 E, no vagão do metrô em que o SENHOR o colocou, ele viu: Inocentes. E aquele, àquele que é o culpado: com a arma em punho, a atirar.
43 Viu um cidadão de bem tombar. E outro salvar a todos.
44 Então, eis que usou os recursos que o SENHOR lhe dispôs e ajuda chamou, encarando seu igual.
45 Reconheceu ali um servo do SENHOR, como si mesmo, tal qual.

11

SÃO TODAS PUTAS, NÃO TEM PROBLEMA, VOCÊ PENSA, SENTINDO A BOCA molhada e quente de uma mulher em volta do seu pau. Suas costas estão contra a parede fria do apartamento semi-iluminado, a janela aberta deixando entrar os raios fortes daquele sol de fim de manhã, criando manchas claras no mapa do assoalho sujo. Ao norte, um colchão velho, a leste, roupas e livros misturados se amontoam em caixas, a oeste está a janela, e os caminhos que ligam cada canto do apartamento são formados por pedaços de lixo, pacotes de comida, sanduíches mordidos e a sujeira de um lugar que não recebe atenção humana. Você está no sul, a putinha ajoelhada na sua frente, e você agarra os cabelos dela com nojo da imundície em que ela vive, com nojo dos cabelos oleosos, do rosto destruído pela vida. A raiva que você sente te deixa mais excitado, você enfia o pau um pouco mais fundo e ela olha pra cima, engasgando, os olhos cheios de lágrimas suplicando, e você sente que finalmente, com esse olhar, vai conseguir gozar. Ela se afasta de você rastejando pelo chão, como um bicho, passando a mão pelos lábios melecados da sua porra, e te encara.

— Que foi? — você fala, ríspido, e ela vira o rosto. Você quer saber se ela vai ter ousadia suficiente para pedir o pagamento por aquele boquete malfeito, que não ganharia nem dez reais nas esquinas de São Paulo.

— Você... — ela murmura baixinho, olhando pro chão. — Você falou que ia me dar um pouco.

Ela finalmente levanta os olhos. Você ainda fica impressionado pelo azul profundo daqueles olhos imensos que ela tem.

Seu amigo Hugo um dia lhe disse que as putinhas ricas eram as melhores. Você sabia que ele também era rico porque Hugo era nome de rico e ele tinha três sobrenomes e andava em um carrão. Ele gostou de você porque você tinha um estoque ilimitado de maconha das boas e cocaína e logo vocês ficaram melhores amigos. Ele tinha uma ideia: vender drogas entre os amigos ricos dele e ficar ainda mais rico. Você também ganharia sua parte, claro, como fornecedor. Ele cuidava da distribuição.

No fim do primeiro mês, você tinha quatro mil reais na mão, a mesma coisa que seu pai ganhava como gerente em uma loja no Centro. Seu pai, aquele babaca fodido com os discursos de disciplina e honestidade, que não tinha carro nem sabia dirigir. Seu pai tinha uma coleção de provérbios prontos para qualquer situação e cinquenta lições do que fazia um bom homem, que ele jogava na sua cara acompanhadas de tapas cada vez que descobria que você fazia algo errado. Seu pai tinha uma coleção de virtudes e dívidas no banco.

Nos jantares de família, seu pai era quase um herói. Sua avó, coitada, oitenta anos, os cabelos branquinhos, quase surda, dizia com orgulho que seu pai tinha vindo do nada e construído uma vida. Sua mãe engravidou de você antes da maioridade e seu pai assumiu as responsabilidades porque era um homem honrado, e tinha tudo na vida pra ser um marginal, um ladrão, um desses lixos que vivem na rua de tirar vantagem dos outros, mas seu pai era um cidadão honesto, um homem bom, que provia comida pra sua família, que pegava o ônibus todos os dias antes das sete pra chegar no trabalho e lidar o dia todo com filhinhos de papai que achavam que eram melhores que ele só porque tinham o carro do ano, mas seu pai era um bom homem, seu pai era paciente, seu pai tratava todos com educação e por isso se tornou gerente da loja — gerente!, nessa hora sua avó enfatizava a importância da palavra e você pensava coitada, oitenta anos, coitada.

Você comprou um rosário de ouro pra ela com aquele primeiro salário. Ela abraçou você com força e disse que sabia que você seria um homem tão bom quanto seu pai.

Você respira fundo quando pega o pacotinho no bolso da jaqueta e joga em cima do fiapo que é a mulher à sua frente. Ela pega o plástico com ansiedade e se aninha num canto. Você percebe que tem uma bolsa roxa com lantejoulas na alça jogada no chão e de dentro ela tira o algodão, a colher e a seringa.

— Você ainda tá injetando?

Ela não fala nada. Você sabe que não existe pra ela, e que o que quer que faça agora não importa. Só existem ela e o mundo inteiro dentro de cada grão branco. Ela deixa um gemido de prazer escapar dos lábios quando termina de injetar e você lembra de quando ainda fodia aquela bocetinha apertada, antes de ela se drogar tanto que o medo de ser contaminado por uma DST ficou maior que o tesão pelos seios pequenos e a cinturinha fina de adolescente, mesmo que ela já tivesse mais de vinte anos. Com o tempo, o tesão também sumiu.

Você vai embora sem que ela reconheça sua ausência iminente, contornando os restos pelo chão, batendo a porta ao sair. Seu carro está estacionado em uma rua paralela a algumas centenas de metros. Você entra, respira fundo, sente o cheiro de limpeza. Liga o rádio, uma música qualquer que está no topo das paradas começa a pulsar pelos alto-falantes e você vê que já é quase meio-dia. Engata a primeira e acelera, porque tá atrasado.

Você chega quando o sinal ainda tá tocando, e dá pra ver as crianças saindo do colégio até o colo das empregadas, porque os papais e as mamães estão ocupados demais fazendo dinheiro pra poder colocar a prole nesses colégios caros. Centenas de crianças e adolescentes de uniforme inundando o pátio arborizado. Você avista ela de longe. É fácil, também: a única menina negra num mar de crianças claras.

Ela conversa animada com uma coleguinha loira, as duas rindo e movendo rapidamente as perninhas sob a saia plissada. Quando ela vê você, bota as mãos sobre a boca, animada, se despede da coleguinha quase albina e vem correndo.

Você a pega no colo com facilidade. Sua irmã mais nova é magricela, levinha, pequena, e você a ergue no ar como se não precisasse fazer esforço.

— Como tá a minha lindinha? — você pergunta pra ela.

— Tô bem! — Ela dá um sorriso desdentado. Você a deposita com cuidado sobre o banco de trás do carro e entra no banco do motorista.

— Bota o cinto, hein? — adverte, passando a mão pelos cabelos crespos dela.

Você escuta o clique metálico enquanto ela obedece a sua ordem e logo ela volta a falar.

— Prontinho!

Você começa a rir. Sua mãe tinha a mania de gritar "prontinho" pra avisar que o almoço estava pronto e chamar todo mundo pra mesa. Parece que o hábito continua vivo.

— Onde você quer comer? — você pergunta quando começa a dirigir.

— McDonald's!

— De novo? — você reclama, observando a reação dela pelo retrovisor. Ela está sentada no banco do meio, a mochila largada ao lado, as mãos pequenas segurando o cinto em volta dos quadris.

— Não pode? — Ela não faz beicinho, não chora, não demonstra desapontamento. Você sabe que ela tá acostumada a ter as coisas negadas sem a menor explicação. Ela só pergunta, a voz pura como alguns segundos antes, os olhos apenas cobertos de expectativa.

— Pode sim, sempre pode. — E vê o sorrisinho que ela dá, só pra ela, como um segredo, mas você invade o momento pelo reflexo do espelho, sem que ela saiba. — Mas você sempre quer. Ainda não enjoou?

— Nããão! — ela responde, rindo. — Eu AMO McDonald's!

Você para no estacionamento do shopping e vocês sobem pelo elevador. As pessoas olham pra vocês e acham estranho. No caixa do restaurante, ela pede um McLanche Feliz por causa do brinquedo que vem de brinde. Quando sentam na mesa, primeiro ela pega o brinquedo, depois a comida.

— Quem é? — você pergunta, observando a versão de plástico de um boneco de neve desproporcional.

— Oi, eu sou o Olaf e gosto de abraços quentinhos! — sua irmã fala, mexendo o boneco com as mãos. Você ri. — É do *Frozen*, você não viu? Podemos ver? Podemos ver na próxima vez que você me buscar na escola? É muito legal!

— Claro. Podemos ver quantas vezes você quiser. — Ela não responde, voltando a atenção ao boneco e finalmente abrindo o sanduíche. Você acompanha, abrindo seu combinado de sushi.

Ela come em silêncio na maior parte do tempo, se lambuzando de ketchup. Você pega um guardanapo e limpa o rostinho dela quando ela termina. Você sugere irem no banheiro para que ela lave as mãos, e espera enquanto ela entra e sai alguns minutos depois.

— Mano... — ela começa, a vozinha fraca.

— Que foi?

— Meu cabelo é feio? — ela pergunta, a voz baixinha.

— Seu cabelo é lindo! — você responde, enfático.

— Tem uma menina na escola que fica xingando meu cabelo.

— Ela é uma idiota — você retruca, sentindo a raiva começar a subir.

— Um dia eu vou ter cabelo liso como o seu? — ela pergunta.

— Se você quiser, pode pedir pra deixarem seu cabelo assim. Você vai num lugar e eles fazem isso. Mas seu cabelo é lindo, você não devia fazer isso, Déia.

— Eu não quero que as outras meninas não gostem de mim — ela responde, os olhos imensos se enchendo de lágrimas. Você se abaixa no meio do shopping e passa as mãos em volta do corpo dela, repetindo que vai ficar tudo bem, mesmo que não acredite nisso.

Você para o carro na frente do sobrado que seu pai comprou parcelado em milhões de vezes, onde o restante da sua família vive: seu pai, sua mãe, sua irmã, seu irmão e sua avó. Da janela do carro, você vê a mãe na rua, a testa suada, varrendo a calçada. Ela tem a pele branca como você, o filho mais velho, o sortudo que pôde se livrar de ter a marca da exclusão impressa na pele. Você se olha no espelho retrovisor por um momento e encara os cabelos pretos lisos e o rosto claro, em contraste absoluto com a cor escura e o crespo bagunçado na cabeça da sua irmã, a infeliz que vai sofrer o resto da vida pelo azar de ter puxado ao pai. Você solta um suspiro pesado, sua mãe para de varrer e acena para você. Você acena de volta, tira os óculos escuros. A pele dela está bronzeada e carregada de rugas, castigada pelo sol e pelo trabalho duro de dona de casa, e ela sorri e abana. Orgulhosa. Sua irmã pula pelo meio dos bancos da frente e senta no seu colo, dando um abraço apertado.

— Te amo, te amo, te amo! — ela repete em uma voz aguda em seu ouvido, os bracinhos magros estirados pelos seus ombros. Você segura o corpinho dela com as mãos e deixa um beijo estalado na sua bochecha.

— Eu também, pestinha. Fica bem, viu? Qualquer coisa me liga.

Ela ri, volta pro banco de trás, coloca a mochila nos ombros e sai do carro.

Você observa quando ela se aproxima da sua mãe, que se abaixa para abraçá-la com carinho e pegá-la no colo, e as duas acenam pra você quando você arranca com o carro. Você dá tchau e coloca os óculos escuros novamente.

Pela primeira vez no dia desde o momento em que acordou, você pega o celular para olhar os milhares de notificações. Duas ligações perdidas de Hugo. Você digita o nome dele e larga o celular no viva-voz no banco do passageiro.

— Onde você tava, porra?

— Por aí. Fala, meu.

— Tá rolando uma festinha especial aqui naquele hotel atrás da Paulista, te passo o endereço por mensagem. Vem carregado, vamos fazer um bom negócio hoje.

— Beleza. Em algumas horas tô aí — você responde, e, antes de desligar, Hugo volta a falar.

— Mas me fala, que é que você tava fazendo?

Você respira fundo.

— Nicole.

Você não precisa falar mais nada. Hugo dá uma risada alta.

— Ainda, cara? Achei que você tinha desistido depois que conseguiu destruir essa putinha.

— Ela tem um bom boquete, fazer o quê?

— Eu sei. Quer dizer, quem não sabe?

Sua resposta vem na forma de uma risada anasalada.

Nicole tinha olhos azuis gigantes e cabelos loiro-claros que caíam de forma premeditadamente bagunçada nos ombros levemente corados pelo sol de tantas férias em St. Barths. Ela tinha uma risada alta, pintava as pálpebras de preto e costumava dançar em cima das mesas nas casas dos amigos riquinhos em que ia fazer festa.

Você a conheceu numa noite na casa de Frederico, que era um pouco velho demais pra fazer noitadas com meninas de vinte e poucos anos, mas todo mundo fazia vista grossa, já que ele proporcionava álcool e pó sem limites. Hugo levou você lá, você tinha conhecido Frederico havia uma semana numa boate exclusiva de São Paulo e ele comprou champanhe Cristal pra todos e decidiu que gostava de você, quando você retribuiu o favor colocando comprimidos de ecstasy nas taças de todo mundo. Fazer amizades era essencial no negócio, é o que Hugo havia ensinado.

A cobertura de Frederico era imensa, e umas setenta pessoas se jogavam pela sala e pela sacada espaçosa que dava vista para a cidade inteira. Você ficou impressionado porque podia ver aviões pousando em Congonhas daquela altura, e observou sempre que algum aparecia, até perder a graça.

Nicole estava usando um vestido branco de mangas longas e comprimento minúsculo, e carregava uma garrafa de champanhe na mão enquanto dançava com as amigas, todas magras, todas cheias de joias, todas bêbadas. Nicole bebia pelo gargalo da garrafa sem se importar e ria alto demais, ecoando a felicidade falsa pelas paredes do ambiente. Quando ela cravou os olhos em você, você decidiu que precisava acabar com a vida dela.

— Bom, a gente se vê. Não demora demais, hein?

— Pode deixar — você confirma, desliga o telefone e se prepara para fazer negócio.

Contar droga é um trabalho metódico, e no começo você sentia um arrepio na coluna ao ver a quantidade de cocaína, ecstasy, LSD e maconha à disposição, sabendo que seria preso e condenado a quinhentos anos caso fosse pego com aquilo. Você sentia medo, mas era um medo bom, nervoso e gostoso ao mesmo tempo, como da primeira vez que você andou de avião. Hoje não sobrava nada disso, e o trabalho já tinha se tornado rotina, como se você estivesse sentado atrás de um computador computando dados quaisquer.

Com o carregamento pronto, você pega um táxi e vai até o hotel. Hugo recebe você de braços abertos e logo todo mundo está abraçando você também, tamanha a gratidão pela entrega eficiente e rápida. Você acende um cigarro e senta em um dos sofás macios enquanto observa as pessoas se destruindo à sua volta. Aquilo é parte do tesão, você tem que admitir. Todo mundo tão ansioso por um suicídio em doses homeopáticas, se matando por sentir pena da própria vida desgraçada de menino rico, que você sente vontade de ajudar. Vem cá, toma essa, essa vai te levar direto pro inferno, é o que você pensa. Foi assim com Nicole, a menina mais linda que você viu na vida, esnobe demais pra foder seu pau sem algum convencimento, covarde demais pra se jogar da sacada do apartamento de Frederico, e você decidiu ajudar.

A primeira carreira de cocaína que ela cheirou do seu lado foi generosa, e com os olhos vazios ela te fodeu com força com aquela bocetinha apertada e você gozou gritando. Puta que pariu, que mulher deliciosa. Ela tinha seios pequenos, cabelos longos e lábios suculentos que sugavam com vontade seu pau, como se ele fosse feito de chocolate.

Ela adorava vestidos, todos curtíssimos, muitas vezes sem calcinha, e enlouquecia todo mundo rebolando devagar. O vestido branco foi parte do problema. Fazia ela parecer um anjo esperando para cair, e foi naquele momento, vendo ela toda iluminada, que você soube que ela teria que ser sua. Ela não podia continuar fingindo pureza, aquela putinha suja que você sabia que ela era. Quando a comeu pela primeira vez, a peça de roupa era vermelha, e ela voltou pra festa com a barra do vestido suja de porra. Enquanto ela dançava semibêbada com todos em volta, você sentia orgulho em ver o vestido sujo do seu prazer, ela marcada por você. Ela tinha que ser sua. Antes de você ir embora, naquela primeira noite, ela jazia desmaiada do lado da mesinha da sala em que havia dançado, e você foi até lá, beijou sua testa e partiu.

Você sente o peso que se instala ao seu lado no sofá e ergue os olhos pra garota. Todas elas são lindas, todas elas são magras, todas elas se enrolam em milhares de reais na forma de faixas de tecido, então você não sabe quem é. Talvez seja uma novata. Não importa. Ela se inclina, beija sua bochecha e ri sozinha.

— Você parece um anjo — ela fala, a voz aguda acentuada pela forma como estica a primeira sílaba do substantivo mais absurdo que você recebeu na vida. Ela não espera resposta.

A luz do sol invade o espaço da suíte do hotel, imensa, decorada em tons de azul-escuro e branco. Você sente como se estivesse em um navio. A fumaça dos cigarros constantes nubla o ambiente. Do sofá onde está sentado, você consegue ver a cama de lençóis azuis ainda vazia e os corpos acumulados na sacada, observando São Paulo aos seus pés. Você levanta e vai até lá também, encontrando a rua consideravelmente sossegada. Mas, bom, são quatro da tarde e os milhares de pessoas que passam por ali todos os dias ainda estão enfurnados em escritórios pequenos, encarando telas de computador claras demais enquanto, elas também, morrem aos poucos.

— Pega uma champanhe, cara. — Hugo se escora ao seu lado e entrega a taça cheia.

Você agradece com um aceno de cabeça e toma um gole. Hugo emborca o copo de vodca pura e solta uma exclamação de contentamento. Você observa o rosto dele ficar levemente corado.

— Cara — ele continua. — Semana que vem vai rolar um programinha no interior, no sítio de uns amigos. Uns três ou quatro dias, acho que umas trinta, quarenta pessoas. Vai ser um bom negócio.

— Só falar que eu apareço.

— Feito. Sabia que você ia topar. — Hugo pega um cigarro e acende, oferecendo um novo para você. — Ei, tá ligado naquela moreninha? — ele fala, apontando uma menina com peitos imensos que anda cambaleante pela sala. — Boa demais.

Ela usa saltos altos, um short com brilhos e uma regata justinha branca que realça a pele bronzeada, e conversa com um grupo de meninas. Alguma coisa na forma ansiosa como ela parece concordar com tudo que ouve deixa você levemente desconfortável.

— Ela não é menor de idade?

— Ah, cara. — Hugo dá de ombros. — Eu só tenho trinta e dois. Não é como se fosse velho demais pra ela.

Você desvia os olhos dele e volta a encarar a cidade. A censura que você sente é, no máximo, leve. Não é como se você realmente se importasse. E também não é como se você fosse muito melhor, com sua década inteira a mais que Nicole.

— E, depois, se eles já são adultos pra escolher fazer sexo... — Ele solta uma risada grosseira. — Eu tinha catorze quando trepei pela primeira vez. Tem moleque dessa idade pegando em arma e matando gente.

Vocês ficam quietos por um tempo, fumando um ao lado do outro, escutando a música pop que sai dos alto-falantes e embala quem está em volta.

— E essa gente tá solta. É um absurdo — ele continua, de repente. — Essa besteira de maioridade penal. O que você acha?

Você dá de ombros. Hugo é inteligente e toma como missão traduzir pra você os problemas do Brasil. Ele começa a explicar por que o país tá uma bagunça, porque esses moleques deviam tudo ir preso, porque essa gente maluca fica passando a mão na cabeça de gente preguiçosa, que não sabe levantar e trabalhar por si mesmo.

— Um bando de criminoso roubando gente honesta como eu e você — é a expressão que ele usa. — Quer dizer, Nietzsche já sabia. Tem gente que é elevada, que não precisa ser punida desse jeito. Mas tem gente que infelizmente precisa. O que você acha? — ele pergunta de novo.

— Pode ser. Pode ser — você fala automaticamente.

— É cara, é assim mesmo. — Ele larga o cigarro ainda aceso em cima da murada da sacada. — Onde você botou o pó? Quer uma linha pra você também? — acrescenta ironicamente, porque você não usa drogas, à parte o álcool ocasional e o cigarro diário. Não, você não usa drogas, porque, ao contrário deles, você não quer morrer.

— Eu não quero morrer — Nicole também alegou, rolando entre os lençóis macios da casa dela. — Mas sei lá. Por que não?

Ela deu as costas para você, inclinando-se para cheirar um pouco do que restava na cabeceira da cama. O lençol escorregou e você encarou os ossos saltados do corpo dela. As omoplatas, a coluna, a lateral do quadril quando ela ergueu o corpo. Você quase esqueceu que ela buscava cocaína, encarando aquela tela em branco cheia de possibilidades que era o corpo dela. Você estendeu a mão, encostou na cintura dela e viu que ela se arrepiou.

— O que você tá fazendo? — ela perguntou, depois de fungar.

Você puxou ela para o seu colo, encarou aqueles olhos imensos, os cabelos loiros caindo pelos seios pequenos e a expressão curiosa. Não fosse toda a droga, você até poderia gostar dela. Logo ela começou a rebolar em cima de você.

A porta do quarto se abriu.

— Cadê aquele seu vestido branco igual ao que a Lindsay Lohan usou pra ir no julgamento? — Era a melhor amiga de Nicole, uma menina com um nome terminado em "ela".

— Qual dos julgamentos? — foi a resposta automática de Nicole.

— Você sabe de qual eu tô falando. Ela tava loira, foi há alguns anos... Manga comprida... Aliás, como ela usa branco, né? Meu deus, ela fica tão bem de branco. Onde tá?

Nicole parou de rebolar em cima de você e virou o rosto para a amiga. Daniela, Gabriela, Manuela, que seja, estava encostada na soleira da porta encarando a cena sem nenhum resquício de choque.

— Eu tenho cara de empregada? — Nicole disse. — Pergunta pra empregada.

— Ela já saiu, são dez horas, Nicole.

— Puta que pariu — ela murmurou, saindo do seu colo e virando para a amiga. Você ficou deitado, sentindo o ar gelado encontrar seu pau duro melecado, enquanto as duas saíam do quarto, deixando a porta aberta. Você esperou até ficar impaciente, então se levantou para pegar qualquer livro da prateleira de Nicole. Demorou pra ela voltar.

— *Objetos cortantes.*

Você escutou a voz dela e levantou os olhos das páginas para vê-la entrando devagar no quarto, em passos preguiçosos e lentos, nua, um sorriso felino no rosto. Ela pulou na cama antes que você pudesse largar o livro, arrancou a obra da sua mão e a jogou no chão. Você não viu onde ele caiu, só escutou o barulho seco e baixo, como no quarto ao lado, em algum lugar distante, porque a respiração dela dominava sua audição.

Você quase se arrepende quando pensa em Nicole agora, ainda mais magra, os ossos saltando de forma assustadora, o pulso tão fino que parece o de uma criança. Você pensa naquela manhã, o rosto cheio de olheiras, os cabelos quebradiços e secos, a pele dos braços com algumas feridas. Você pensa por que lhe ofereceu crack, você nem vendia crack, você queria ver se ela dava o passo adiante, queria ver quão suicida ela realmente era, queria ver se a depressão passava de frescura, queria ver até onde ela aceitaria ir. Foi naquela vez que você a perdeu, você sabe, quando viu os olhos perderem o brilho e o gemido levemente orgásmico que ela deixou escapar pelos lábios. Você sabia que não tinha volta, e era isso que você queria desde o começo. Ficou surpreso de sentir uma pontada de remorso, tão curta quanto o tempo de uma respiração, e em seguida Nicole pediu por Deus, como sempre fazia quando estava com você. "Deus" escapado em um suspiro em vez de grito, "Deus" como prece e agradecimento, mas você não acredita em Deus.

Seu celular vibra no bolso. Você encara a tela, é uma mensagem do seu irmão perguntando onde você tá. Você deixa escapar um suspiro enquanto pensa no seu irmão, a cara amassada, a calça larga, o emprego miserável num restaurante de shopping. Decide ignorar. Você sabe que seu irmão não tem mais chance. Ele já é uma vítima do sistema que esmaga os que, como você, nasceram com pouco em uma das piores partes da cidade, dependeram da educação pública e das lições de como o trabalho enobrece o homem. O trabalho vai me tirar desse buraco, seu irmão falava quando ainda tava no ensino médio e conseguiu o primeiro bico numa construtora. Ele vestia aqueles capacetes de pedreiro, gritava pras meninas na rua e ainda tinha esperança de ter uma vida melhor que os pais. Mas isso foi há mais de cinco anos. O ensino médio acabou, o primeiro emprego acabou e a esperança também.

O céu de São Paulo já está escuro quando você sai da sacada. A televisão tá ligada e um seriado está passando. Uma mulher loira implora qualquer besteira pro marido, pelo menos você acha que é o marido, que está visivelmente com raiva.

O careca de camiseta vermelha fala na tela de LED:

— Eu sou o perigo!

Você ri e as poucas pessoas que prestam atenção no que acontece na história olham pra você com olhares de censura. Você percebe que a cena não era pra ser ridícula e que todo mundo ali parece envolvido. Você desvia o rosto para o teto, para poder revirar os olhos em paz, e tenta segurar o sorriso de deboche. Você se imagina chegando para sua mãe, para alguma amiga, pra alguma eventual namorada e declarando quão perigoso você é, mas não consegue controlar o riso quando pensa nisso, então decide se afastar da televisão, onde o diálogo absurdo continua acontecendo. Você responde pro seu irmão que está trabalhando e logo em seguida uma mensagem aparece no seu visor.

"vc pode me encontrar na ana rosa tipo 9 e meia"

Na televisão, um cara com sobrancelhas imensas começa a dar lição de moral sobre trabalho duro. Seu irmão provavelmente foi demitido, porque nove e meia não é depois do fim do expediente.

"blz"

Você digita com rapidez e aperta enviar. Sabe que seu irmão vai pedir dinheiro emprestado, porque é o que ele sempre faz quando perde emprego, já que ele tem um talento descomunal para conseguir ser demitido antes dos seis meses necessários para ganhar seguro-desemprego ou seguir em funções sem carteira assinada. Seu irmão era um peso a mais na vida dos seus pais, muito mais que sua irmã, porque ela ainda era pequena e tinha você, e você gostava dela, você investia nela, você tinha esperança de que ela deixaria de ser uma estatística para se tornar uma profissional formada e bem-sucedida, talvez até médica, porque ela era uma pessoa boa, ela não iria querer ser como você. A vida dos seus pais seria iluminada pelas conquistas dela, enquanto era cada vez mais fodida pelas merdas que seu irmão fazia. Mas seus pais eram parte daquele tipo de gente cheio de esperança e amor, que brigava pouco, que acreditava que gentileza gera gentileza e aqueles clichês todos. Seu pai ainda comprava flores pra sua mãe, sua mãe ainda fazia sexo três vezes por semana, e o casamento seguia em fase de lua de mel, com apelidos bobos e a crença patética de que cada filho é uma dádiva. Seus pais amavam você e seus irmãos, seus pais estavam sempre presentes, e agora juntavam um dinheirinho pra fazer uma vasectomia porque aumentando a prole ficaria difícil estar ali para o que der e vier.

Hugo está deitado no chão ao lado da cama, ocupada por dois casais, encarando o teto em silêncio. Você senta do lado dele.

— Cara, eu tenho que ir. Meu irmão disse que precisa conversar.

Ele vira a cabeça pra você lentamente. Leva um tempo antes de ele falar e você percebe que ele trocou a cocaína por LSD na última hora.

— Beleza. A gente se fala depois, pra combinar o próximo negócio.

Você se despede dele e segue caminhando até a porta. Um cara alto de óculos escuros fumando charuto aperta sua mão e uma menina só de calcinha e sutiã sai do banheiro rindo sem parar. A moreninha que Hugo apontou mais cedo para na sua frente e puxa sua gravata, um sorriso safado no rosto, inclinando o decote cheio para você. Você a dispensa com educação e, quando chega na porta, vira pra trás e percebe que ela ainda olha pra você, fazendo beicinho. Você dá um sorriso, acena e sai.

O corredor do hotel está completamente vazio e a porta de madeira grossa bloqueia o som orgíaco que toma o quarto. Não dá pra ouvir nem a televisão, nem a música, nem os gritos e as vozes altas.

Você arruma o cabelo no elevador, agradecendo os minutos de silêncio, e sai do hotel pra encontrar a rua. Fica surpreso ao perceber os pelos dos antebraços se arrepiarem ao toque da brisa gelada que corre pelo ar, contrariando tudo o que prometia a tarde de sol quente. Mas São Paulo, você já aprendeu, não é de cumprir promessas.

A rua está cheia de carros que criam rastros de luz com seus faróis acesos e você caminha lentamente pela Haddock Lobo até a Avenida Paulista, lotada a esta hora. Uma dupla de músicos canta em um inglês ruim músicas bregas da década de 80 com uma plateia de talvez uma dúzia de ouvintes. Uma senhora de uns sessenta anos com um vestido estampado de mangas compridas sobre uma legging preta bate palmas animada. Uma criança de colo, sem que a mãe perceba, encara um casal. O menino e a menina, pré-adolescentes, vestidos de preto, se beijam com tanto fervor quase ao lado da apresentação que nem percebem a atenção que recebem. Um carro buzina. Um ônibus passa balançando a roupa de todo mundo que fica perto demais da rua. Pessoas falam. E a sinfonia cacofônica da cidade está completa.

Você desce as escadas do metrô pensando que talvez não devesse ir até o seu irmão, talvez devesse ter insistido que ele viesse até você, tão perto de casa. Você sabia que, para ele, descer na estação Ana Rosa ainda não era a melhor alternativa, já que ele teria que continuar o trajeto até a Luz, onde finalmente poderia pegar a linha vermelha. Mas, se ele estava precisando da sua ajuda, você poderia ter insistido que ele fizesse o esforço, em vez de você ter que perder, sei lá, meia hora, talvez mais, da sua noite.

Quando o metrô que segue para a Vila Prudente chega, você entra. Pega o celular e avisa que vai chegar atrasado, porque acaba de perceber que já são quase nove e meia. Você sabe que seu irmão deve estar te esperando com o celular na mão, então fica encarando a tela esperando a resposta. Ela chega no momento em que o tiro é disparado.

12

NA MADRUGADA DO DIA EM QUE EU MORRI, SONHEI COM MEU FALECIDO pai. Sabe como é, a gente sempre acaba revivendo os mortos em sonho. Ele me apareceu com os cabelos começando a ficar grisalhos, a maior parte ainda preta, como eu vi durante toda a minha infância. Os olhos azuis, arianos, pequenos, pareciam uma ironia clarividente da natureza, uma combinação perfeita com o bigode desastroso que só crescia dos lados, de forma que se ele e Hitler se beijassem na boca os pelos jamais se tocariam. Eis que ali estava papai, com seus quarenta anos, e eu, com meus quarenta anos, dividindo um uísque com gelo. Ele era menos parecido comigo do que teriam apostado minhas tias enquanto eu crescia, e vestia paletó preto, camisa branca, gravata azul. E nenhum cinto.

Todas as roupas de papai iam do branco ao preto, passando pelos tons de cinza, salvo as gravatas. Elas eram, solitárias, o único ponto de cor em qualquer traje formal. Em casa, os abrigos e as calças de moletom vinham no mesmo matiz.

Era precavido, evitando constrangimentos pela combinação bizarra de cores.

Eu havia herdado essa praticidade, também pela garantia tonal, mesmo que tudo fosse sobreposto pelo branco do jaleco. O nome completo, precedido de "Dr." e bordado em verde no lado esquerdo da longa veste, garantia um toque colorido capaz de quebrar a formalidade monocromática.

Meus pacientes me lembravam de ser grato pelas minhas escolhas ao se apresentarem com roupas em condições vergonhosas, em cores que não tinham harmonia entre si, especialmente desbotadas. Não fossem eles mesmos moribundos, as próprias roupas os tornariam.

O dia começava assim: com uns dois pivetes ranhentos, sempre nascidos de mães histéricas, abismadas pela diarreia que os filhos cultivavam já havia três dias e que era, obviamente, culpa da falta de cuidado com a higiene dessas mesmas mães, que buscavam, atordoadas, culpar o clima, as epidemias, o governo. Quando elas abriam a boca, parecia que não fechariam jamais: o vômito de palavras, em tons agudos, seguia consistente, fedorento, do jeito que vômito é, um monte de problemas linguísticos antes e depois de "doutor". Piores eram as que nem "doutor" usavam.

Aí vinham os outros: aqueles homens nessa que acabamos chamando de "melhor idade" como uma forma de esconder, ou melhor, compensar tudo de ruim que começa a acontecer com o corpo humano depois da primeira metade de século no mundo, que apareciam reclamando de uma dor nas costas persistente. Exigiam raio x, tomografia, ressonância magnética com pronúncia curiosa e até, em alguns casos, sílabas novas, como se o consultório fosse uma clínica de estética em que o cliente pudesse escolher os serviços que desejasse. E se negavam a aceitar que, em vez de doença, o que eles tinham era tempo: tempo demais no mundo. A dor veio pra ficar e pode ser levada como um sinal de Deus de que o indivíduo já viveu demais, está prestes a abandonar a existência, de que os anos, meses, dias, horas estão desaparecendo.

Mas, bom, ninguém quer saber da própria morte. Isso é algo que a medicina não ensina na faculdade, e o consultório não perdoa.

Agora, em retrospecto, é curioso ter refletido sobre isso justamente nesse dia.

Como de costume, também apareceu aquele tipo de paciente-em--série, desses que parecem saídos de uma linha de montagem e cujos discursos iguais reproduzem até os mesmos erros de português, e para os quais já deixo meia dúzia de receitas prontas e carimbadas para completar com o nome do paciente e dizer adeus. É incrível como eles adoram remédios. Aos mais esdrúxulos dá até pra receitar uma metoclopramida para eles se sentirem curados. Quanto maior e mais complicado for o nome do remédio, mais forte eles acreditam que é: outra coisa que só se aprende no consultório e salva horas de conversa desnecessária.

Só que o dia me trouxe outro tipo também: aqueles inéditos, que dá vontade de escrever em uma espécie de diário de causos da Medicina, com M maiúsculo, contando as maiores desgraças da profissão. Não são as doenças, mas você já deve ter concluído: são os pacientes.

A mocinha, vinte e tantos anos, os seios ainda firmes e pontudos mesmo sem sutiã, chegou contando que tinha tido câncer quatro vezes. Não apenas câncer: adenocarcinoma, leucemia linfocítica aguda — que ela chamou de LLA —, entre outros bem especificados. Magrinha, é verdade, mas nesses anos é difícil deduzir onde termina a loucura e começa a doença, porque essas garotas todas de repente param de comer e se tornam uns fiapos de gente, colocando em nós a responsabilidade de salvá-las. E ela era até mesmo rosada, falava forte, nomes de remédios, pedindo exames de sangue específicos porque a médica dela, de outro estado, convenientemente, é claro, lá de onde ela teria feito tratamento, havia pedido.

A pior invenção da sociedade foi a internet. Um monte de maníacos pode entrar, roubar meia dúzia de palavras técnicas e acreditar que é médico também. Só que o Google não é inteligente o bastante — como ela também não era, dava pra perceber de longe — para ensinar que ninguém com duas décadas de vida tem câncer quatro vezes. E, aliás, qual é a probabilidade de alguém de qualquer idade ter câncer quatro vezes? Ou de sobreviver?

Não que importasse: ali estava meu consultório novamente transformado numa vitrine com produtos à disposição.

Quantos atestados pra você, querida?

Era assim que papai me chamava. "Querida."

— Querida, você vai chorar por causa de um cortezinho desse tamanho? — ele resmungava, suturando sem anestesia o talho no meu joelho. Era pra aprender, ele dizia.

As lições de aprendizado variavam, e sua favorita era a técnica da comparação.

— Tá doendo, querida? O que dói mais — então ele batia com o cinto nos ossos dos quadris —, esse machucadinho ou o cinto? E agora?

Ele não precisava se esforçar tanto pra testar os níveis da dor. O cinto sempre doía mais. E afinal a técnica da comparação tinha o seu valor: em vez de reclamar do braço quebrado andando de bicicleta, a perspectiva do soco que já tinha destruído meu nariz duas vezes me deixava quieto, forte. Homem. Sem consumir paracetamol como se fosse pastilha de hálito, sem sobreviver à base de Rivotril ou substituir a maturidade pelo antidepressivo. Ninguém mais sabe suportar a dor, e os fracotes aparecem implorando pela fluoxetina que vai resolver sua vida. Moleque, eu tinha vontade de dizer, moleque, nada vai resolver sua vida, você é um fracassado.

Ver se assim eles aprendiam.

E, quando estavam quase morrendo de verdade e mereciam a atenção profissional que conquistamos em décadas de estudos, dedicando a nossa vida a eles, era a Deus que agradeciam.

No fim, acabei receitando um antibiótico pra moça, que apelidei de atriz hipocondríaca. Ela saiu resmungando da falta do pedido pro exame de sangue, insistindo que poderia pagar o exame particular, que não ia atrapalhar o SUS, que só queria por favor um exame pra saber se o câncer tinha voltado. O problema das pessoas é que elas veem a doença como qualquer sólido intruso no próprio corpo, pronto para ser expelido, amputado, sem entender que as bactérias, vírus, protozoários, parasitas são seres vivos que querem a mesma coisa que nós — viver — e que somos, nós mesmos, seus alimentos. A nossa vitória é a sua morte, e o antibiótico é como a Grande Guerra das bactérias. Vencer uma doença não é simplesmente se livrar de algo concreto, duro, como tirar um pedaço podre da maçã antes de comer. Vencer uma doença é guerrear ativamente contra outro ser pelo direito de viver.

O próprio câncer é ainda mais perfeito nisso: são células, iguais às nossas, que querem se multiplicar, consumir nosso corpo inteiro, nos transformar em câncer, substituindo nossa identidade pela sua. E por que nos sentimos no direito absoluto e divino à vida sem sequer considerar que a nossa vitória implica a morte necessária daquele hóspede indesejado no nosso corpo? São algumas poucas células, que começaram de apenas uma, rebelde, e dominaram um ser humano inteiro.

Vocês, que acreditam em Deus, não conseguem perceber o poder quase sobrenatural que tem nisso? Uma única célula aleatória, perdida nos trilhões e trilhões de células que compõem cada pedacinho do nosso corpo, derrota esses exércitos e nos sequestra, nos torna reféns, e nós, em vez de buscar aprender com ela, a rejeitamos?

Existe toda uma cultura de idolatria pela aceitação da morte, como se entender que a vida um dia cessa fosse equivalente à maturidade, como se esse derrotismo fatal fosse o que significa saber viver. Mas sabe viver quem odeia, rejeita, engana a morte.

Quando a morte me encontrou, um tipo de lucidez sobrenatural tomou conta de mim e por alguns milésimos de segundo eu quis ter tido tempo de me virar e encarar os olhos de quem me eliminava. Mas a imagem que vi foi meu filho, coberto de roupas de frio, como se estivéssemos nos meses mais difíceis do inverno.

Não que os meses da metade do ano fossem tão cruéis em São Paulo. Mas meu filho parecia ainda não ter desenvolvido a resistência sofisticada de um homem forte como eu, papai, vovô e minha linhagem antecedente. Era o tipo de coisa que eu me dedicaria a semear, mas agora que não estarei mais aqui acredito que ele estará fadado a ser um molenga. A mãe dele pode ter muitas qualidades, mas continua sendo o tipo de mulher cujo "não" mais parece um "talvez", o que abre possibilidade para muitas infrações. E meu filho, assim como eu, deve ter percebido isso, e a influência da minha esposa sobre ele já nasce limitada.

Aposto que nem médico ele será, como foram, também, todos os homens que carregaram meu sobrenome antes de mim.

A tarde estava acabando, a sala de espera ainda infestada, e a próxima pessoa que entrou no consultório foi uma mulher. Estava séria e falava de forma clara, mas por baixo da compostura deixava a perna balançar, compulsiva, mordia o lábio vezes demais e olhava em volta mais do que seria considerado adequado.

— Ela não conseguia respirar — continuou o relato — e nós seguimos com os exames. Junto com a minha colega, a enfermeira Cíntia, descobrimos um líquido branco preso na garganta. Eu acredito que seja sêmen.

Ela mantinha a perna subindo e descendo como um metrônomo. Era médica também, do posto de saúde a poucos quilômetros de distância. A histeria feminina é visível em momentos assim. Presenciar uma criança sem respirar é sempre impactante, e mulheres tendem a criar hipóteses precipitadas nesses momentos.

— Essa menina foi abusada, acredita em mim — ela continuava repetindo.

— Você devia ter chamado o SAMU.

— Não chegou a tempo, eu já te falei, trouxemos ela no meu carro. A mãe e a paciente estão fazendo a triagem.

Era evidente que ela estava fora de controle. Eu já havia passado por outras situações em que médicas, mulheres que tinham sido abusadas na infância, projetavam a própria história em pacientes e impediam o tratamento correto. Trazer no próprio carro, onde já se viu.

— Sinto muito, essa emergência não serve pra atender seus pedidos pessoais. Se você está tão convicta, deveria chamar o serviço social.

Ela saiu descontente, batendo a porta, o jaleco manchado nas beiradas prendendo na porta, de forma que ela teve que abrir de novo para se ver livre. Coitada.

A medicina não veste bem todas as pessoas. Eu, como disse, herdei de papai. Tivesse escolhido, ou sabido que poderia escolher, talvez tivesse ido para alguma outra carreira, mas a possibilidade nunca esteve disponível, então pouco me importou. Herdei de papai a medicina. De mamãe, no máximo, a aparência.

Não teria nada para falar de mamãe, por isso ela não apareceu nem em sonhos, nem em memórias. Talvez o silêncio dela fosse sua maior loquacidade. E foi quieta que ela assistiu ao cinto de papai balançando no ar parado da nossa casa grande em Higienópolis e a cada uma das humilhações que se seguiram, como misturar peças verdes, roxas, vermelhas, amarelas, acreditando através dos meus olhos defeituosos que eram sóbrias, elegantes.

Quando finalmente entendi e então perguntei se papai também era daltônico, se o gene torto responsável pela minha vergonha tinha vindo dele, a resposta foi o cinto jogado na minha cabeça de dezessete anos, o metal cortando o supercílio, o sangue vermelho — seria, mesmo, vermelho? — aparecendo ansioso através dos pelos da sobrancelha.

Era assim papai, perfeito, forte, saudável, sem nenhum problema, sem nenhuma fraqueza, sem nenhum defeito. Teria vivido até mais do que eu, o desgraçado, não fosse o mais completo acaso que o levou à morte em um acidente de carro, mesmo ele esquecendo toda a agressividade ao se sentar no banco do motorista.

Faz sentido que papai tenha sido uma das últimas pessoas que vi antes de morrer — mesmo que apenas em sonho.

A última pessoa que vi — relevante, não esse monte de carne inútil que roda as avenidas e transportes públicos ocupando espaço no mundo — foi Auler, que detestava papai. Auler era bom, como um irmão mais novo, mas lhe faltava a astúcia necessária para compreender de onde vinham os valores de papai. Papai não tinha paciência para as pessoas que não chegavam a esse nível de compreensão, então se odiavam em paz.

Tomamos alguns copos de cerveja gelada enquanto ele me contava as desgraças de se trabalhar no INSS, onde vagabundo atrás de vagabundo pede auxílio por doenças que tanto ele quanto eu aguentaríamos no osso. Nesse ponto, ele e papai teriam se dado bem.

Deixei o carro no estacionamento do hospital — desde a morte de papai tudo que tinha a ver com trânsito tinha um peso um pouco maior para todo mundo na família — e entrei na estação Clínicas. Três estações até a Brigadeiro, até o apartamento em um prédio gigante quase na esquina da Paulista. Às vezes pegar metrô faz sentido. E toda aquela conversa sobre INSS me fez sentir gente como a gente. Parte do povão.

Se você acredita em destino, talvez diga que foi o destino que me levou ao metrô.

E eu vou responder: o motivo importa?

O que importa é que eu estava lá, e foi lá que morri.

Eu não vi quem atirou. Eu não me lembro de perceber o rosto, os olhos, de ter algum lampejo de reconhecimento. Não lembro se quem atirou estava lá havia muito tempo ou tinha recém-embarcado. Não me lembro nem mesmo do som do tiro. Depois de entrar no vagão, sozinho, abandonando Auler nas ruas de Pinheiros, não pensei em mais ninguém que estivesse ali. Pensei no celular apitando, nas notificações da minha mulher e no meu filho pequeno. Pensei que queria uma comida quente e pronta em casa. Pensei que era uma desgraça no dia seguinte ter que acordar cedo pra atender um monte de doente de novo. Não pensei em papai. E de repente parei de pensar.

Depois que eu morri, o caos foi instaurado. Um cara de vinte e poucos anos impediu que mais pessoas morressem, e os celulares de quem restava vivo foram inundados por notícias de seu ato heroico. Um padre deu entrevistas, uma pré-adolescente magra demais chorava, uma mulher tentava ir embora de qualquer jeito sem que ninguém falasse com ela, outra gritava no telefone, outro cara de vinte e poucos com um coque na cabeça digitava sem parar no celular, um moleque nervoso soluçava, um homem acalmava uma mulher que chamava pelo filho, outro homem fumava um cigarro, uma mulher toda vestida de preto observava em silêncio, paramédicos, jornalistas, policiais invadiam o lugar, o meu corpo era levado, e eu não vi quem me matou.

Oi, papai.

Quanto tempo.

PARTE TRÊS

O VILÃO

13

Seu tataravô era padre.

Essa é uma história inteira em uma frase.

Seu tataravô era um padre que, tomado de vergonha por ter rompido os votos do celibato, pediu para ser enterrado embaixo da entrada da igreja.

Para que todos os fiéis o pisoteassem ao entrar.

Essa é uma história real. A única história de família que Valéria tinha ouvido durante a vida. O único vestígio de ligação com quem tinha vindo antes dela. E ela era o último vestígio dessa linhagem. O último registro sanguíneo da vergonha do padre. A última memória dele.

Hoje, ele vai desaparecer.

Valéria sabe disso quando sai de casa. Ela decidiu isso, aliás. Sozinha.

Não foi difícil. A sequência de eventos que a levou até essa decisão é simples. Comum. Ordinária. Quase um milhão de pessoas se matam todos os anos. Suicídio mata mais que aids.

Suicídio mata. Essa não é uma história numa frase. É uma contradição. Suicídio não mata. Suicídio morre.

Os fatos que levaram Valéria a cometer suicídio:

Filha não desejada, nasceu em 9 de abril de 1988. Foi abusada sexualmente pelo pai. Sua mãe também era violentada com frequência. Não tinha como fazer nada. Mandou-a morar com o avô aos treze anos, embora seu pai estivesse aos poucos perdendo o interesse. A mãe estava grávida. Havia uma perspectiva real de uma nova presa mais adequada. Mas a criança morreu ainda na barriga da mãe, quando Valéria já morava com o avô viúvo. Sorte da criança abortada pela mãe ou pelo destino. Seu avô a expulsou de casa dois anos depois.

Mas não foi aí que ela resolveu deixar de viver. Aí foi quando começou a viver.

Com quinze anos, Valéria foi encontrada na rua por Malcom, um moleque de dezessete que morava numa favela ali perto. Adotou-a como irmã. Malcom, o traficante, que vendia drogas para sustentar a família, a pessoa que os jornais, a televisão, o rádio e a internet diziam que era horrível.

A melhor pessoa que ela conheceu.

— Ninguém nunca vai te machucar aqui.

Malcom era paciente, inteligente e querido. Foi por causa dele que conseguiu estudar. Queria fazer psicologia.

Malcom queria matar seu pai quando ela contou o que ele havia feito. Mas ele já havia morrido, a mãe também, em um acidente. Ela tinha visto no jornal das oito.

Nunca falou mal de sua mãe. Seria ela a culpada da maldade do pai aos olhos dos ouvintes. Por isso, sempre preferia o silêncio. Malcom não a culpou. Nem ela, nem sua mãe.

Os fatos que levaram Valéria a cometer suicídio, continuação:

Hoje, Malcom tinha morrido. Bala de polícia. Morre traficante. A mídia comemora.

Valéria sabe onde ele guarda suas pistolas automáticas. Valéria coloca uma dentro de um casaco do irmão. Com os cabelos curtos, as olheiras gigantes e os olhos inchados do choro mudo, ela parece um garoto também.

A vida inteira quis ser um garoto. Se vestia como um, cortava os cabelos como um. É muito melhor ser um garoto. Ela soube disso desde a primeira vez que seu pai entrou em seu quarto depois de anoitecer. Ela pensava nisso cada vez que saía na rua. Então se vestiu como garoto. Esmagou os seios com faixas curativas. Cortou os cabelos.

Continuou sendo uma garota. A vagina no meio das pernas nunca permitiria que fosse qualquer outra coisa. Não interessava o que vestisse, todo mundo sempre olharia para ela através da ótica da sua vagina.

Só hoje ela parece um garoto. Quando sai na rua, colide com um homem mais velho de terno e gravata.

— Olha por onde anda, moleque! — ele grita.

Se fosse qualquer outro dia, ela estaria feliz. Era o primeiro momento da vida em que tinha sido quase um homem. Quase um garoto. Quase livre de ser mulher.

Entra no metrô e anda por horas. De dentro, vê o subsolo da cidade inteira. Era seu ambiente. O lugar em que gostariam que ficasse. Ela é acostumada ao subsolo do mundo.

Os bolsos foram esvaziados de drogas. Ela tinha se acostumado a carregar quantidades absurdas para vender. Preferia que fosse ela a efetuar as vendas.

— A cor da minha pele vai me proteger — ela tinha dito para Malcom. Várias vezes. Ele não queria que ela fosse, que ela corresse riscos.

Mas o bolso interno estava mais pesado ainda. No casaco do irmão postiço, a pistola. O adeus.

E o novo olá.

No céu.

Pelas entranhas da cidade, se despede. Da estação da Luz, gigante, caótica, com a antiga construção belíssima se erguendo majestosa, distante da realidade desesperada dos milhares que pisam naquele chão diariamente. O sol refletido no arco de vidros como se derramasse ouro. As ruas sujas, lotadas e baratas do Brás. Vidas inteiras por 1,99. Os arranha-céus espelhados do Brooklin, os prédios velhos do Centro, o cheiro de gordura na Lapa, as idas e vindas do Tatuapé, em ônibus eternos para o aeroporto longe, onde ela nunca tinha ido.

Valéria nasceu em São Paulo, morreria lá também.

Não precisava sair da cidade. São Paulo é gigante, magnânima. Um milhão de cidades em uma só.

Mais de uma dezena de milhões de pessoas.

Mais milhões do que dedos nas mãos.

Menos uma pessoa hoje. Pelo menos.

Menos algumas, se o dia for bom. Menos algumas pessoas ruins desta cidade ruim que mata as pessoas boas.

Um gato preto, vadio, magricela, com uma orelha carcomida, tinha cruzado a estrada quando ela se dirigia ao metrô mais cedo naquele mesmo dia. Dizem que gato preto é azar. Nessa situação, o que seria azar?

Morrer ou viver?

São Paulo abriga tantos gatos e cachorros vadios, perdidos, passando fome. E muito mais gente passando fome. E tantos gatos e cachorros de barriga cheia, roupas, brinquedos caros. E crianças passando fome, morrendo sem leite, sem roupas.

Que cidade é esta?

Que mundo é este?

Os fatos que levaram Valéria a cometer suicídio, do ponto de vista histórico:

Todo mundo perdendo a cabeça — literalmente — na Revolução Francesa, há séculos e séculos, por ideias de liberdade, fraternidade e igualdade que seriam ecoadas ritmicamente séculos depois na Revolução Russa, décadas depois na Revolução Cubana, e depois anos e anos e anos e anos explodindo no verão do amor nos Estados Unidos, no feminismo fervilhante, em Paris naquele mês de 1968 até a estação florida e metafórica que invadiu o Oriente Médio e tanta gente perdendo a cabeça, o sangue, a vida por ideais que eram perdidos logo que conquistados.

Tanta guerra para se ter paz.

E a merda de um mês no meio do ano alguns anos atrás neste país que só serviu para tirar o pouquinho que tinha sido conquistado, que só serviu de discurso para se violar a lei, a Constituição, a democracia.

27 de outubro.

Já faz dois meses que o inferno foi declarado justo, vivo. Brasileiro. Agora.

Ela não leu o jornal hoje de manhã nem nos dias anteriores, mas onde mora as notícias têm um jeito diferente de aparecer.

Ela não precisa ler o jornal para saber quantos morreram.

Quanto o arroz tá mais caro.

Quanta gente perdeu o emprego.

Os corpos caem na sua frente.

No vagão do metrô, os fones de ouvido do garoto ao seu lado explodem um rap em inglês. A trilha sonora perfeita para o fim do mundo.

Para os corpos realmente caírem na sua frente.

No fim, só um cai. A escolha do alvo foi fácil.

Homem.

Branco.

Rico.

Ele morreu, ela sabe, mesmo quando é jogada no chão e imobilizada.

— Por favor, me deixa ir.

Ela implora.

— Me deixa encontrar o meu irmão.

Na delegacia, eles perguntam por quê, meu bom Deus, meu Senhor, por quê. Por que desperdiçar a vida sagrada.

— Por quê?

Ninguém a chama pelo nome.

Ninguém pergunta sobre o seu irmão.

Ninguém se importa.

Imobilizada, no chão, ela encara os olhos do herói. Assustados, chocados, surpresos. Com ela, consigo mesmo.

Na delegacia, ele aparece outra vez.

— Quem merece morrer? — A voz dele é abafada.

— Todo mundo — ela responde de longe.

Mas como sempre, quando ela fala, ninguém escuta.

EPÍLOGO

O HERÓI DA LINHA VERDE

Na noite de quinta-feira (27), Valéria Soares foi detida após tentativa de assassinato em massa na linha verde do metrô de São Paulo, entre as estações Consolação e Trianon-MASP. Com uma pistola automática roubada, ela atirou e feriu gravemente um médico, que morreu na ambulância a caminho do hospital. Ele deixou viúva e um filho órfão.

O atentado não foi bem-sucedido unicamente por causa da atitude heroica de Lucas Machado, de 28 anos, morador de São Paulo há cinco. Ele estava no vagão com sua namorada quando viu o que acontecia e agiu. "Eu simplesmente vi aquele monte de vida inocente e reagi de forma automática. Não podia deixar um monte de vidas serem desperdiçadas", ele contou com exclusividade.

Quem apertou o botão de emergência e acionou as autoridades foi o padre Michel Cunha. "Foi Deus quem colocou esse corajoso jovem no metrô para nos proteger. Entre nós havia também uma professora, alguns jovens. Aquele pobre médico partiu cedo demais, deixou pacientes, família pra trás. Ninguém merecia morrer", ele falou em entrevista. "Essa jovem claramente ainda não aceitou Deus em sua vida", completou, quando questionado sobre as possíveis motivações da criminosa.

Valéria Soares ainda está sob custódia da polícia, que se recusou a fazer comentários.

AGRADECIMENTOS

À minha família de sangue, que nunca riu quando eu falei que queria escrever livros: Jane, Ronald, Pedro, vó Santa, vô Bartho, Cintia, Carlos, tia Olíria, Kika e Nando.

Às madrinhas desta história (foram muitas noites viradas): Amanda e Marina.

Às pessoas que tiveram muita paciência com a minha ansiedade (vocês são anjos!): Daniel Lameira e todo o time da Verus (sério, muito obrigada!).

À família que eu escolhi (amo vocês): João e KMKL.

E a Deus — na moral, Neymar sabia, você é top.